Demi-volée

Chetna Maroo

Demi-volée

Roman

Traduit de l'anglais (Royaume-Uni) par Madeleine Nasalik

Dalva

ISBN : 978-2-487-60001-0

Dépôt légal : septembre 2024
Conception graphique : Rémy Tricot
Photo de l'autrice : Graeme Jackson

Éditions Dalva – 92, avenue de France 75013 Paris
info@editionsdalva.fr

Pour Jot

Un

Je ne sais pas s'il vous est déjà arrivé de vous planter au milieu d'un court de squash – pile sur le T – et d'écouter ce qui se passe sur le court voisin. Je pense au bruit qui provient du terrain d'à côté, celui que fait une balle frappée net et fort. Un son rapide et assourdi, semblable à une déflagration, suivi d'un écho très proche. Cet écho, l'écho de la balle qui cogne le mur, résonne plus que le choc d'origine. C'est cela que j'entends lorsque je me remémore l'année qui suivit le décès de notre mère, l'année où notre père nous emmenait à Western Lane pour que nous nous y entraînions deux, trois, quatre heures par jour. La première fois que j'ai remarqué ce bruit, ce devait être un soir après l'école. Je ne sentais plus mes jambes, j'étais certaine que j'allais déclarer forfait et je me tenais simplement sur le T avec ma raquette, la tête basse et les yeux fixés sur les traces à peine visibles laissées par les balles qui avaient rasé la surface du mur. J'étais censée servir, mon père devait répondre par un revers et moi par une reprise de volée, il y aurait ensuite un autre revers et une autre volée qui prendrait pour cible la ligne de service rouge sur le mur frontal. Debout au fond du court, loin, mon père attendait. À son silence j'ai deviné qu'il n'allait pas prendre les devants et que je ne pouvais que servir et volleyer, ou sinon le décevoir. Les barbouillis sur la paroi se confondirent et je me suis dit que forcément, j'allais tomber. Le bruit se fit entendre à cet instant. Un rythme régulier, mélancolique, en provenance du court voisin, le coup puis son écho, infatigablement répété, comme une forme de délivrance. J'ai deviné qu'il s'agissait de quelqu'un qui répétait ses automatismes. Et je savais qui. Je suis restée sans bouger, l'oreille tendue, et le son s'est déversé en moi, dans mes os et dans mes nerfs, j'ai levé ma raquette et frappé la balle avec la sensation d'avoir été tirée d'affaire.

Nous étions trois, trois filles. Quand Maman est morte j'avais onze ans, Khush en avait treize, Mona quinze. Nous jouions au squash et au badminton deux fois par semaine depuis que nous étions en âge de tenir une raquette, mais ce n'était rien par rapport à ce qui allait suivre. D'après Mona, le travail sur la vitesse, le ghosting et les séances intensives de trois heures, tout cela commença le jour où Ranjan, notre tante, avait affirmé qu'il nous fallait de l'exercice et de la discipline, et Papa était resté assis sans rien dire et il l'avait laissée parler.

Nous étions là, avec eux, dans sa cuisine, et nous l'avons entendue. Mona lavait des pommes de terre dans l'évier. La tête inclinée et les manches retroussées jusqu'au coude, parce qu'elle ne se contentait pas de les passer sous l'eau. Elle grattait vraiment la terre. Sa queue-de-cheval se balançait par-dessus son épaule. Khush épluchait avec des gestes lents tout en regardant par la fenêtre. Moi, installée à la table, j'épépinais des grenades. Tante Ranjan avait réprimandé Khush parce qu'elle avait les cheveux détachés, ensuite elle s'était tournée vers moi, elle avait replié la moitié de la nappe blanche et elle avait étalé des journaux pour éviter que je mette du jus sur ses meubles tout neufs. Des meubles magnifiques, cirés et foncés.

De là où j'étais assise, j'arrivais à voir le gulab jamun qu'elle avait préparé tôt ce matin-là. Les boulettes de pâte spongieuse d'un or bruni étaient déjà imbibées de sirop et empilées généreusement dans un saladier en verre au bout de la desserte.

Tante Ranjan me prit en flagrant délit.

— Gopi, lança-t-elle.

Je me suis figée et j'ai piqué un fard à la seconde où j'ai entendu mon nom.

Tante Ranjan se mit debout. Elle se positionna à un angle qui m'empêchait de voir le dessert. J'ignore pourquoi, mais il me parut important de garder les yeux braqués devant moi, de donner l'impression que je fixais le vide depuis le début.

— Une sauvageonne, répéta-t-elle, le regard toujours vissé sur moi, tout le monde le sait.

Alors elle se tourna vers Papa, et c'est vrai qu'il restait assis là, il ne voyait rien, ne parlait pas.

Tante Ranjan attendit avant de reprendre la parole :

— Bon, j'ai dit ce que j'avais à dire. À toi de prendre ta décision.

Papa leva la tête pour étudier tante Ranjan quelques instants et il y avait au fond de ses yeux une froideur à laquelle nous étions habituées, nous, mais pas tante Ranjan. Elle est devenue toute rouge. Sur la gazinière la cocotte-minute émit un sifflement strident et ténu, soudain la vapeur et l'odeur des lentilles trop cuites se répandirent dans la cuisine. Tante Ranjan s'épongea le front avec un torchon propre posé sur le dossier d'une chaise.

— J'en avais parlé à Charu, ajouta-t-elle. Je ne lui jette pas la pierre, mon frère, mais j'insiste, il n'est pas trop tard pour tes filles.

Silence. À ce moment-là Mona se dirigea vers le plan de travail, elle retira la cocotte du feu et elle cogna la desserte en granit en l'y déposant. Le saladier de gulab jamun posé tout au bout vibra et Mona resta debout, ses mains pleines de terre sur le couvercle de la cocotte de tante Ranjan, à dévisager Papa.

Tante Ranjan ferma les robinets que Mona avait laissés couler et elle s'approcha d'elle.

— Pas comme ça, ma petite.

C'est l'instant que notre oncle choisit pour nous rejoindre, avec la tête de quelqu'un qui s'aventure dans une cuisine qui n'est pas la sienne. Peut-être se serait-il rendu directement dans le jardin mais il regarda Mona, puis Papa, et il s'immobilisa au milieu de la pièce quelques instants avant de se diriger vers la table et de s'asseoir entre Papa et moi. Nous l'aimions bien, oncle Pavan. C'était le frère cadet de Papa, il était costaud et gentil, il aimait fumer dehors et revisiter le passé.

Oncle Pavan avait quarante ans. Papa, presque quarante-cinq. Pourtant, tout le monde s'étonnait de voir à quel point les deux frères étaient devenus séduisants, comme s'ils avaient atteint l'âge adulte sur le tard. Après la mort de Maman, les femmes de notre communauté, les « tatas », s'étaient mises à suivre Papa des yeux, entre la table et l'évier, ou dehors dans le jardin. Elles avaient de la peine pour lui, mais elles essayaient également de prendre la mesure d'une chose particulière et nous savions que cette chose était liée au vide qui s'était ouvert devant lui.

Midi n'avait pas encore sonné et, déjà, il faisait trop chaud pour oncle Pavan. Sa figure était rose et luisante. Il posa une main sur la table qu'il pianota de ses quatre doigts, puis il transféra la main à sa cuisse. Il lui fallait une cigarette. Il jeta un coup d'œil à Papa et joignit les mains au niveau des genoux, disposé à prendre la parole. Khush avait rempli à son intention un verre d'eau et, le voyant prêt, elle plaça le verre devant lui et alla s'asseoir pour écouter ce qu'il avait à dire. Oncle Pavan la remercia d'un regard et il commença.

— On était en pleine canicule, lâcha-t-il avant de se pencher vers Papa. Tu te rappelles ? Le soir où tu as annoncé à Bapuji que vous alliez vous marier. Tu étais rentré tard et Bapuji avait insisté pour qu'on reste tous debout à t'attendre. On a dû mettre des boîtes remplies de glaçons devant les ventilateurs et il faisait tellement chaud qu'on ne pouvait pas bouger. Quand tu es revenu Bapuji t'a demandé devant tout le monde ce que tu traficotais. Tu n'as pas hésité. Tu es resté sur le seuil du salon et tu l'as dit comme s'il n'y avait rien de plus naturel au monde. Je vais me marier. Comme ça. C'était merveilleux. Jamais je n'oublierai la tête qu'a faite Bapuji. Tu vois… je… Charu… elle était… elle…

Oncle Pavan donna l'impression d'avoir quelque chose de coincé dans la gorge et de s'étrangler avec, et nous avons bien vu que Papa voulait entendre la suite, mais oncle Pavan ne pouvait pas continuer. Tante Ranjan posa une main sur son épaule et parla à sa place.

— Ça ne sert à rien de ressasser. Allez, Pavan. Rapporte deux chaises du garage pour qu'on puisse s'asseoir tous ensemble.

Le temps de se mettre à table, il était quatre heures. Dans cet air lourd et oppressant, tout se déplaçait au ralenti. Tante Ranjan, oncle Pavan, Papa et moi, nous attendions assis à notre place pendant que mes sœurs servaient le repas. Chacun avait une assiette en argent sur laquelle mes sœurs placèrent un petit bol de dal, en argent comme l'assiette, un laddu, du shaak de pommes de terre, du riz, des tranches de puri, une salade d'oignons et de tomates, et un second bol contenant trois gulab jamun. Khush n'arrêtait pas de repousser les cheveux plaqués sur son front et sur ses joues brûlantes. Lorsque je l'ai vue rajouter une cuillerée de sirop à mes jamun, j'ai aussi vu ses cheveux tremper dans le sirop et je me suis forcée à regarder ailleurs.

La porte qui donnait sur le jardin était ouverte. Pas un brin d'air. Tante Ranjan parlait de ses frères et de ses sœurs qui s'étaient installés en Tanzanie et qui avaient trop d'enfants. Elle mangeait précautionneusement, par petites bouchées distantes les unes des autres, et nous avons essayé de l'imiter. Lorsqu'il ne resta plus sur mon assiette que mes trois gulab jamun, elle regarda mon bol plein de sirop. J'ai reposé ma cuillère.

— Mon frère, dit-elle en se tournant vers Papa. Mon frère, une épreuve t'attend.

Je me suis retenue de hurler, Papa n'était pas son frère, Papa était le frère d'oncle Pavan.

Ce dernier rapprocha sa chaise de la table.

— Ranjan, murmura-t-il.

— Non, rétorqua tante Ranjan. Il comprend.

Elle regarda Papa et elle se mit à parler en gujarati, d'une voix basse et égale. Ce qu'elle dit, c'était qu'elle et oncle Pavan n'avaient pas d'enfants, qu'ils aimaient leur frère et qu'ils nous aimaient comme leurs propres filles. Elle dit aussi que ce serait plus facile pour lui s'il leur confiait l'une d'entre nous. Tu ne peux pas veiller sur trois filles, dit-elle. Trois, c'est trop. Et comme Papa ne répondait pas, elle y vit un signe et elle continua. C'est ainsi que font les gens, dit-elle. Personne n'aurait bronché si vous aviez pris cette décision du vivant de leur mère. Elle dit ensuite que sa propre sœur avait franchi plus de quatre mille kilomètres en avion entre Mombasa et Bombay pour s'installer chez leur tante alors qu'elle était encore plus jeune que moi et là, nous ne serions séparés que par quelques heures de voiture.

Papa gardait les yeux rivés sur son assiette. Il savait que nous avions compris la proposition de tante

Ranjan. Il évitait de nous regarder. Nous avons cru qu'il allait la laisser mariner un instant pour qu'elle s'aperçoive par elle-même qu'elle avait fait fausse route, alors il quitterait sa chaise et sortirait dans le jardin en nous demandant de ramasser nos affaires, c'était l'heure de rentrer. Mais il ne se mit pas debout, il resta muet et en fin de compte cela nous fit jubiler, parce que ce que tante Ranjan vit dans son visage l'effraya plus que toute autre réponse. Son visage à elle vira au gris, donna l'impression de devenir flasque. Lorsqu'elle attrapa son verre de chaas, sa bouche s'affaissa.

La voix d'oncle Pavan résonna dans le silence. Posée et ferme. Le printemps avait pris ses quartiers de bonne heure cette année. Dommage qu'on n'ait pas vu les fleurs du marronnier. On aurait cru les illuminations à Noël. Et celles du cerisier, aussi : pendant une semaine, toute la pelouse avait été tapissée de blanc. Nous avons mangé et oncle Pavan parlait, et les choses finirent par adopter un rythme d'apparence ordinaire. Nous avons senti une légère brise en provenance du jardin. Oncle Pavan s'essuya les mains avec une serviette, il se leva et il apporta les gulab jamun pour nous resservir dans les bols.

— Oh, lâcha tante Ranjan d'une voix chagrine dans son assiette à l'instant où nous avons repris nos cuillères. Ce jour-là.

Et elle se mit à pleurer. Elle saisit le pan dénoué de son sari, se tamponna les yeux avec. Elle tourna la tête pour adresser un sourire à Khush à travers ses larmes.

— Je t'ai vue, dit-elle d'une voix étouffée et suppliante – sur le parking, après.

Elle parlait des obsèques de Maman, et de Kush qui avait sangloté sans un bruit alors que nous nous tenions debout en rang pour saluer les membres de notre famille à la sortie. Tante Ranjan regarda Khush avec une telle tristesse dans les yeux que nous avons tout oublié. Khush posa la main sur la table entre son assiette et l'assiette de tante Ranjan. À côté de moi la chaise de Mona a raclé le sol avec un fracas épouvantable et j'ai tendu la main pour prendre mon verre de chaas, mais c'était un grand verre et je l'ai renversé, j'en ai mis partout et le chaas s'est répandu sur la nappe.

— Gopi, murmura tante Ranjan. Cette fois encore j'ai piqué un fard lorsque j'ai entendu mon nom prononcé à voix haute, mais tante Ranjan ne me réprimandait pas. Elle affichait une sérénité inaltérable alors qu'elle se mettait debout, contournait la table pour soulever la nappe et la replier, constatait que le chaas avait traversé le tissu et mouillé la table. Je suis restée assise pendant qu'elle s'affairait autour de moi, essuyant et remettant les choses en ordre.

Lors de nos visites à Édimbourg, chacune avait sa chambre, mais Khush et moi, nous prenions notre couverture et nous allions dormir par terre dans celle de Mona. Nous calions la porte-fenêtre laissée entrouverte avec une basket, parce qu'il se passait toujours quelque chose dehors. Nous écoutions jusqu'à ce que la fatigue nous gagne, ensuite c'était place aux rêves. Cette nuit-là, il faisait trop chaud pour dormir. Nous ne tenions pas en place et, en short et débardeur, nous étions en nage. Nous nous sommes débarrassées de la couverture, soudain réduites à un tas de membres brûlants et moites ; des bras et des jambes projetés dans tous les sens en quête de fraîcheur. Khush se redressa et sortit sur le balcon. Je la suivis. Dehors elle se laissa tomber sur le carrelage, à moitié allongée dessus, à moitié appuyée au cadre de la fenêtre, un bras malingre étiré en travers du sol, et j'ai calqué ma position sur la sienne. Au bout d'un moment nous nous sommes assises toutes les deux, le menton sur les genoux, et nous avons plongé le regard dans le jardin entre les barreaux de la balustrade blanche. Vu que porter un legging ou des manches longues était intolérable, j'empestais la citronnelle et je me suis quand même fait piquer par les moustiques. Nous savions que Papa se ferait dévorer lui aussi. Il discutait dehors avec oncle Pavan. Assis en dessous de notre balcon, tous deux buvaient du whisky et fumaient. À la maison Papa ne touchait pas à l'alcool, à la cigarette non plus, mais il se faisait plaisir en compagnie d'oncle Pavan. Nous arrivions à voir la fumée bleue qui montait des cigarettes, nous entendions leurs voix et le tintement des verres. Rien ne nous échappait, pas même le grincement de la chaise qu'occupait Papa quand il se penchait pour prendre ou reposer son verre, ou pour se gratter la cheville. Et lorsque nous projetions notre regard plus loin nous voyions ce qu'ils voyaient eux aussi : la roseraie de notre oncle et ses arbres, le banc en pierre, et des fragments sombres et granuleux de la voie ferrée.

Les sujets qu'ils abordaient n'avaient pour nous aucune espèce d'importance. Des souvenirs d'enfance qui les concernaient, eux et leur frère cadet, mort jeune. Eux trois qui jouaient à des sports de raquette. Eux trois, enthousiastes et heureux. Papa qui surprenait tout le monde parce qu'il se montrait brutal sur le court, lui si doux, si effacé en dehors des terrains. Et plus tard, lorsque Maman était entrée en scène – dix-sept ans, ingénue, timide – Papa qui avait perdu tous ses repères, ébranlé par une force qu'il ne parvenait pas à nommer. Oncle Pavan tenait le crachoir et Papa lui faisait comprendre que les choses s'étaient passées à peu près comme il les décrivait. Cela nous était bien égal. Nous, nous voulions nous asseoir au-dessus d'eux et les écouter, rien d'autre. Après, une fois Papa et oncle Pavan retournés à l'intérieur, nous restions dehors. À cette heure-là la lumière du matin commençait à percer, d'un bleu pâle, limpide, l'air était plus frais et tout nous paraissait proche, à portée de main. Les cheveux de Khush cascadaient dans son dos, dessinant des boucles floues, et même sous cette lumière, ils brillaient. Nous ne rentrions qu'à partir du moment où je me mettais à frissonner. Nous fermions la porte-fenêtre derrière nous et nous grimpions dans le lit de Mona, ce qui la réveillait. Notre sœur rouspétait, mais elle se poussait quand même et nous nous blottissions l'une contre l'autre sous sa couverture, et nous lui racontions tout. C'était Khush qui s'en chargeait. Dès qu'il se passait quelque chose, et même en présence de témoins, Khush était celle qui racontait. Elle attendait que nous fassions silence et elle commençait. Elle avait un talent pour cela. Elle se souvenait d'éléments qui nous passaient complètement sous le nez.

Bien plus tard, Khush dirait que cette soirée avait marqué le début de tout, que pour la première fois Papa s'était demandé ce qu'il allait faire de nous. Tante Ranjan n'y était pour rien. C'était oncle Pavan le responsable, en parlant du passé. Moi, je crois que Papa nous avoua de lui-même ce qui l'avait motivé. Un matin il s'assit à côté de nous sur le banc devant le court de squash et il déclara :

— Je veux que vous vous intéressiez à une activité que vous pourrez pratiquer toute votre vie.

Le lendemain matin tante Ranjan avait laissé à notre intention sur la table du jus d'orange et des pancakes au sucre et au citron. Aucun commentaire sur le fait que Papa et oncle Pavan avaient passé la nuit à boire et à fumer au lieu d'aller dormir. Elle leur prépara du café et elle resta debout à côté d'eux pour les resservir. Papa lui parla sur un ton affable. Dehors dans l'allée, tandis qu'oncle Pavan refermait le coffre qui contenait nos bagages, tante Ranjan demanda à Papa de réfléchir à son offre, et il lui promit de l'étudier. Elle ajouta qu'elle et oncle Pavan viendraient nous rendre visite l'année suivante. À ce moment-là nous serons fixés, conclut-elle.

Papa mit en route notre nouveau programme dès notre retour d'Édimbourg. La semaine, il nous conduisait à Western Lane avant le début de l'école et nous nous y rendions en bus après les cours. Le week-end, si Papa avait du travail nous y allions à vélo et il nous rejoignait une fois sa journée bouclée. Au début des jours de relâche étaient nécessaires parce que nous avions mal partout : aux bras, aux jambes, aux épaules. Partout. Papa dit que nous finirions par prendre l'habitude et c'est vrai, nous avons fini par nous y habituer. Il nous fallut peu de temps avant d'effacer presque totalement de notre mémoire l'époque où nous tapions dans la balle seulement une ou deux fois par semaine.

À Western Lane les courts étaient souvent déserts. Les ouvriers de l'usine Vauxhall venaient en grande majorité le samedi et ils s'agitaient dans tous les sens, se ruaient sur la balle et cognaient de toutes leurs forces. J'allais m'asseoir avec mes sœurs sur l'un des bancs installés devant les courts, nous étions déjà en sweat et bas de jogging et nous attendions qu'ils finissent avant de prendre leur place et de commencer nos exercices. En dehors des « gars de chez Vauxhall » il y avait des habitués pas très assidus, et il y avait Ged.

Du haut de ses treize ans, Ged n'était pas très bavard et, en vrai, il s'appelait Gethen. Il passait beaucoup de temps à Western Lane parce que sa mère travaillait au bar, à l'étage, et il s'y sentait bien. Au cours de l'été Ged avait grandi d'un seul coup et cette poussée de croissance l'avait rendu empoté, une maladresse dont il se défaisait sur le court. Quand il jouait il dégageait une impression de relâchement. Dans sa façon de bouger, mais pas seulement. Il s'entraînait seul et je le regardais parfois depuis le balcon. Une fois, alors que nous nous tenions lui et moi tout au bout de ce balcon qui surplombait la piscine, je lui ai demandé si cela le dérangeait que je le regarde jouer, il m'a dévisagée un instant puis a observé la piscine et il m'a répondu non.

La plupart des adhérents ne fréquentaient Western Lane que pour la piscine, équipée d'un tremplin et d'un grand bain. Nous, c'était pour les courts de squash. Papa avait payé un abonnement qui nous autorisait à les utiliser entre sept heures et demie le matin et dix heures le soir, à condition de réserver assez tôt. Papa se moquait bien que la peinture des murs s'écaille, que le parquet ait besoin d'être poncé ou que la climatisation ne fonctionne que par à-coups : à Western Lane, le fond des courts était une paroi vitrée.

Il y avait le bar, aussi. Papa y montait parfois, toujours vêtu de la tenue qu'il portait au travail, au complexe sportif ou ailleurs, et même s'il ne buvait pas et restait surtout silencieux, les gens discutaient avec lui et l'appréciaient. Parfois ils découvraient qu'il était électricien, installé à son compte, et les premiers temps il récupéra des clients parce qu'ils lui demandaient de venir jeter un coup d'œil, qui à son réfrigérateur, qui à ses radiateurs, mais au bout d'un moment il se mit à répondre qu'il serait ravi de passer chez eux sauf qu'il était débordé, ensuite il s'éclipsait et il allait nous chercher un Coca au bar, une bouteille chacune, et tandis que nous buvions il étudiait sa propre bouteille et il nous parlait de Jahangir Khan, un jeune joueur de squash – un garçon – originaire du Pakistan qui avait accédé à la place de numéro un mondial. Ce n'était pas Jahangir, avait expliqué Papa, mais son frère aîné, Torsam, qui était destiné à devenir champion. Ce frère avait perdu la vie lorsque son cadet avait quinze ans et Jahangir avait commencé à s'entraîner à Wembley avec son cousin Rahmat. Rahmat encourageait Jahangir et veillait sur lui tout à la fois. Il avait emmené Jahangir dans les montagnes, à la passe de Khyber, pour lui rappeler d'où il venait et qui il était. Jahangir était encore tout jeune quand il avait remporté les mondiaux de squash, le World Open Championship, deux ans après le décès de son frère. Et durant les cinq années qui avaient suivi, Jahangir avait disputé cinq cent cinquante-cinq matchs sans subir la moindre défaite. Cinq cent cinquante-cinq victoires de rang, insistait Papa, et nous aussi, nous fixions sa bouteille de Coca tout en buvant la nôtre au goulot.

Je garde le souvenir d'un samedi en particulier. Nous étions venues à vélo après notre leçon de gujarati. Les gars de chez Vauxhall n'étaient pas là. Ged occupait déjà l'un des terrains, il nous avait saluées sans interrompre ses exercices. Nous nous sommes assises sur le banc et nous avons pris place dans notre court, qui était disponible. J'ignore quelles pensées nous trottaient dans la tête. C'était la fin de la semaine et nous étions épuisées, j'imagine. Les portes étaient toutes ouvertes, la rumeur des gens qui profitaient de la piscine nous parvenait, peuplée d'échos, et à l'étage on entendait la mère de Ged qui passait l'aspirateur dans le bar. Elle laissa l'aspirateur allumé pendant qu'elle déplaçait des tables. Papa nous rejoignit sans que nous nous en rendions compte, ce qui lui laissa le temps de nous observer, assises, en train de nous tourner les pouces avec un court vide devant nous. Il posa son sac au bout du banc.

Nous avons pris nos raquettes et nous sommes allées nous mettre en position, et Papa resta debout dans sa veste face à nous de l'autre côté de la paroi vitrée. Il n'alla pas se changer, ni enfiler sa tenue de sport. Il ne nous donna aucune consigne non plus. Le carnet blanc dans lequel il avait l'habitude de consigner par le menu le déroulé de nos séances attendait sur le banc derrière lui, fermé. Nous avons compris qu'il exigeait de nous une certaine autonomie, alors nous avons travaillé nos pointes de vitesse, puis notre revers. Pendant que l'une s'entraînait, les deux autres se plaçaient à l'avant du terrain et restaient immobiles. Mona passa quelques minutes à observer Khush, puis à m'observer moi, tandis que nous essayions d'envoyer la balle le long du mur, elle finit par lâcher sa raquette et retira sa basket qu'elle posa par terre entre le carré de service et le mur du fond, du côté où on frappe les coups droits, en manière de cible. Nous n'avons pas forcé. Nous avons joué et rejoué le même coup, inlassablement, ensuite nous avons déplacé la basket de Mona un peu plus loin, puis un peu plus près, et nous avons recommencé, ce que Papa nous aurait demandé, mais comme nous nous l'imposions toutes seules, l'exercice nous parut interminable, et pénible.

Tandis que Khush peaufinait ses trajectoires parallèles pour la cinquième ou la sixième fois, avec la balle qui allait mourir dans le carré de service, je suis allée rejoindre Mona à l'avant du court. Khush étant frêle et menue, on aurait pu la croire incapable de frapper, mais elle tapait dur. Elle était fatiguée, tout simplement. Elle avait les jambes fatiguées. Mona ne lâchait pas Papa des yeux et moi aussi, au bout d'un moment, j'ai braqué le regard sur lui. Khush se pencha pour récupérer la balle, elle se releva et elle le scruta, et nous nous sommes retrouvées à trois à le regarder.

Le visage de Papa, son corps tout entier, n'exprimait rien, absolument rien, à tel point qu'une gêne nous envahit. Il n'avait pas remarqué que nous nous étions arrêtées et nous avons deviné que nous nous immiscions dans quelque chose d'intime. Nous avons continué à l'étudier. Je ne sais pas ce qui m'a poussée à esquisser un pas dans sa direction, ni ce que je comptais faire. J'ai senti Khush taper ma raquette avec la tête de sa propre raquette. Elle me passa la balle et elle se plaça près de Mona.

Un bloc de glace se forma à l'intérieur de ma poitrine.

Je visualisai de la neige, du blanc partout. Je me suis mise en position et j'ai frappé la balle. Je ne pensais pas à mon geste. Je pensais à ce garçon, à Jahangir Khan, qui fonçait à travers la neige dans les montagnes du nord du Pakistan, et à cet observateur posté au loin dans le paysage gelé. Même à cette distance, on voyait l'haleine du garçon se solidifier à la seconde où elle franchissait ses lèvres, comme si c'était une extension de sa personne. Ma raquette a accéléré et j'ai senti les yeux de Papa sur moi. Je frappais bien. Mes mouvements étaient aériens. Je respirais aisément, l'épaule arrondie, de la puissance à l'impact.

Une minute ne s'était pas écoulée que Mona me dit :

— Ça suffit.

Elle se posta à l'avant du court, chaussée d'une seule basket, et elle regarda Papa.

Papa ne lui donna pas raison, il ne la contredit pas non plus, du coup nous avons terminé par des étirements, nous avons quitté le court et nous nous sommes posées sur le banc. Papa n'avait pas bougé d'un pouce.

— On n'a pas de serviette, lui indiqua Mona.

Pas de réponse. Elle répéta.

Alors Papa commença à parler à voix basse dans le court désert. Au début cela tournait autour de la famille de Jahangir Khan : le père de Jahangir, Roshan Khan, et ses oncles Hashim et Azam Khan, qui à eux trois avaient remporté le World Open à douze reprises, son autre oncle, Nasrullah Khan, son frère Torsam, son cousin Rahmat qui était aussi son coach. La dynastie tout entière. Mais nous avons dû arrêter d'écouter à un moment parce que, soudain, il ne parlait plus des Khan, il était passé à un joueur australien nommé Geoff Hunt qui avait battu son propre frère en finale d'un championnat local à l'âge de quinze ans et écrasé la concurrence pendant près de dix ans. Une génération de joueurs pakistanais n'avait pas été en mesure de détrôner Hunt, racontait Papa. C'était un véritable athlète. Les Pakistanais avaient beau faire des étincelles, cela n'avait aucun poids s'ils n'arrivaient pas à atteindre la balle. C'est alors que Jahangir était arrivé, il avait pris la mesure de son adversaire, il s'était affûté et il avait battu Hunt.

— Parce qu'on ne peut pas rester sans rien, conclut Papa d'une voix étrange, si différente de sa voix habituelle qu'il nous fallut nous concentrer pour le comprendre. On doit s'investir dans quelque chose.

Mona vrilla ses yeux sur Papa.

— On n'est pas des Khan, murmura-t-elle.

Papa se rapprocha du banc et il rangea le carnet dans son sac.

— Nous sommes frères. Indiens et Pakistanais.

Mona ne répondit rien. Son visage affichait une hostilité évidente qui se passait de mots, et qui ne put échapper à Papa. Cette hostilité, il ne l'avait pas provoquée. Au contraire, à aucun moment il ne nous avait forcé la main. Nous avions passé une heure sur le court de notre plein gré et nous allions recommencer le lendemain, voilà pourquoi Mona lui en voulait.

Le soir venu, à la maison, je me suis interrogée à voix haute. Est-ce que Ged avait passé tout ce temps à Western Lane, est-ce qu'il allait y rester jusque tard dans la nuit, l'heure à laquelle le dernier client quittait le bar, l'heure à laquelle nous étions endormies ?

— Ne t'inquiète pas comme ça, me répondit Khush.

Penchées au-dessus du lavabo dans la salle de bains, nous étions en train de nous brosser les dents. Khush repoussait sans cesse les cheveux qui me tombaient dans la figure, et les siens aussi. Le matin des funérailles de Maman, on m'avait fait une coupe au carré et mes cheveux étaient trop courts et trop irréguliers pour que j'arrive à les caler derrière mes oreilles.

Nous avons levé la tête et nous nous sommes contemplées l'une l'autre dans le miroir. Khush avait un joli minois. Un visage en forme de cœur, ouvert. Elle était toujours à fleur de peau. Un point qu'elle avait en commun avec oncle Pavan. À la moindre émotion, ses yeux se voilaient de larmes. Au moindre coup de chaud, elle se mettait à suer. Les gens disaient que je ressemblais plus à Maman car j'avais sa gestuelle, ses mimiques, et j'imagine que c'est ce que cherchait Khush lorsqu'elle a exploré mes traits dans la glace. Mais difficile de voir les similitudes entre deux personnes quand on est très proches d'elles.

— Ça va bien se passer, dit-elle.

— Je sais, ai-je répondu, et nous avons craché au fond du lavabo avant de tourner les robinets.

Les vacances de mi-trimestre tombaient en octobre. Mona ne décolérait pas contre Papa mais les jours où cela lui passait, elle l'accompagnait durant ses visites et elle était très à cheval là-dessus. Papa consacrait la majorité de ses dimanches après-midi à rendre visite à nos proches. Du vivant de Maman c'était une habitude qu'ils avaient ensemble. Il était content quand nous nous joignions à lui, mais ce n'était pas une obligation.

Ces visites impliquaient de rester assises entre une demi-heure et une heure chez un oncle, une tante ou un cousin éloigné, et un autre, et encore un autre, ou de se rendre à l'hôpital si l'une des connaissances de nos parents était malade. Quand Maman était encore parmi nous, une tante ou une cousine plus âgée qui découvrait que Mona avait été aperçue en ville avec un groupe d'amis, parmi lesquels des garçons, ou que Khush et moi étions rentrées de l'école couvertes de griffures ou de bleus, ou l'uniforme déchiré, nous regardait en secouant la tête et nous exhortait à penser à Maman, comme si maman n'était pas assise à côté de nous.

En fonction des endroits où il se rendait, Papa arrivait à enchaîner trois ou quatre visites dans l'après-midi. Il fallait garder le contact avec les gens, disait-il, il fallait se forcer un peu. Nous étudiions son visage et nous constations que le cœur n'y était pas. Et nous répondions que ces gens, nous ne les connaissions pas. Lui nous expliquait que connaître quelqu'un exigeait des efforts. Ces efforts, nous les faisions pour nous connaître l'une l'autre, c'était notre ligne de défense, et nous restions à la maison.

Le premier dimanche des vacances, Mona accompagna Papa et nous en avons profité, Kush et moi, pour faire un tour au fortin derrière la maison. Le fortin se résumait à trois murs de brique plantés sur une dalle en béton. Des murs hauts, étagés. Nous nous sommes dit que quelqu'un de plus grand pourrait grimper jusqu'au premier niveau, à condition que son pied trouve une bonne prise, et de là le sommet s'offrait à lui. Nous avions beaucoup de mal à croire qu'aucun des autres enfants du quartier n'avait fait de ce fortin son terrain de jeu. Il n'y avait que nous. Personne ne nous crachait dessus depuis son perchoir, personne ne nous ordonnait de rentrer. Personne ne nous chassait de cet endroit. Personne ne s'en approchait. L'été nous y passions des heures à projeter une balle de tennis contre le mur du fond, ou à rester assises sans rien faire.

Lorsque Maman était encore de ce monde, nous regardions Wimbledon à la télévision et nous mangions des fraises saupoudrées de sucre, tous ensemble, et ensuite mes sœurs et moi, nous repartions dehors, au fortin, où nous faisions semblant d'être John McEnroe. C'est Khush qui l'imitait le mieux. Elle copiait à la perfection sa façon de parler et de marcher. Nous adorions John McEnroe, c'était notre idole et, à notre immense stupeur, nos parents le vénéraient aussi. Nous n'étions que des enfants mais cela ne nous empêchait pas de voir que c'était un sale gosse. Papa disait que c'était peut-être inconscient, mais avec ses jérémiades et ses caprices, John McEnroe s'aménageait un espace pour lui-même, il se donnait du temps, et ce temps qu'il avait gagné, il s'en servait pour renvoyer de lui l'image d'un joueur mal-aimé et l'unique alternative qui se présentait à lui, c'était de sortir les crocs et de livrer bataille. J'étais proprement stupéfaite quand John McEnroe s'éloignait de la chaise de l'arbitre les épaules voûtées, sa posture tout entière exprimant le découragement, pour lever sa raquette et jouer son jeu. Je pensais que, d'une certaine façon, son corps dupait son esprit.

Face au côté resté ouvert du fortin se dressait une colline herbeuse aussi haute que notre maison. Sur la droite, un immeuble de cinq étages aux bardeaux rouges et jaunes et des allées que les enfants dévalaient à vélo ou sur leur planche de skate. En vis-à-vis, la route principale avec l'arrêt de bus et le passage souterrain que nous évitions.

J'avais pris la raquette de Khush et je m'étais fixé pour objectif de faire rebondir mille fois une balle sur le cordage. Nous nous efforcions de ne penser à rien. Quand Papa s'était préparé ce matin-là avant de partir avec Mona, il avait sorti de son pardessus les clefs de la voiture et il s'était figé au beau milieu de la cuisine. Il nous avait regardées à tour de rôle – Mona à côté de lui, tout habillée et prête à l'accompagner, Khush à un bout de la table, moi à l'autre – et durant ces quelques secondes nous avons vu qu'il avait pleinement conscience de sa situation. S'il avait parlé à cet instant, sans doute aurait-il dit : ce n'est pas ce que je voulais. Ce qu'il voyait, c'étaient les journées qui s'étiraient devant lui sans Maman, avec nous. Cela faisait partie de notre entraînement, le rebond de la balle au contact de la raquette, ou au contact du sol. Gardez les yeux dessus, nous disait Papa. Cela m'amusait et j'aurais peut-être continué, mais Khush se lassa de me regarder. J'ai reposé la raquette et nous nous sommes adossées au mur du fond, emmitouflées dans nos manteaux et nos écharpes, face à la colline, pour discuter de ce que nous comptions faire pendant les vacances. Papa irait travailler, ce qui signifiait qu'une fois nos corvées accomplies, nous allions pouvoir traîner le matin en attendant l'heure de nous rendre à Western Lane et, après, quartier libre. Le samedi, comme il n'y avait plus de cours de gujarati, nous irions à l'entraînement de bonne heure puis, si Papa n'était pas fatigué, nous pourrions peut-être faire une sortie. Les cousins de Tanzanie qui devaient nous rendre visite avaient annulé à cause de Maman. Ils pensaient que Papa aurait trop de mal à gérer tout seul. S'ils avaient fait le voyage, nous les aurions emmenés au parc animalier de Woburn. Lorsque nous hébergions des invités qui venaient d'Inde ou d'Afrique, le coffre de la voiture était rempli de Tupperware contenant du curry, de la salade d'oignons et des parathas, et nous empruntions la M1 pour aller voir les lions. Khush faisait comme si cette idée, qu'elle trouvait stupide, la rendait folle, mais cela lui plaisait autant qu'à moi. Nous adorions les animaux. Nous adorions parcourir l'immense parc en voiture. Nous adorions regarder les membres de notre famille se plier en quatre pour prendre un air impressionné devant Maman, Papa et leur progéniture. Vu que nos cousins ne venaient pas, la sortie à Woburn serait remplacée par une balade dans les collines de Dunstable Downs ou à l'arboretum.

Le soleil se déversait dans le fortin, baignant nos visages d'une lumière et d'une agréable chaleur.

J'essayais de lancer une discussion sur le terme « sauvageonne », puisque tante Ranjan m'avait traitée ainsi. Pendant nos débats, nous dressions des listes. Une sauvageonne, c'était une fille qui portait des shorts. Qui courait à travers la maison. Qui courait n'importe où. Qui sortait le coude par la vitre de la voiture. Mais Khush ne participait pas. Assise là, elle me laissait parler. Je me suis tue. Nous avons contemplé la colline.

Khush dit :

— Tante Ranjan a peur de nous parce qu'elle n'a aucun moyen de savoir ce qui se passe dans notre tête.

J'ai voulu demander à Khush comment ça allait dans sa vie ces derniers temps. Elle était devenue soucieuse, elle n'écoutait pas la radio, elle ne lisait pas non plus, non, rien dans le genre. Mais surtout, elle se levait la nuit, elle se plantait sur le seuil de la chambre et elle restait debout dans le noir. Mona et moi, nous restions couchées sans bouger et nous l'écoutions. Nous ne pouvions pas en jurer, mais nous avions l'impression que Khush essayait de communiquer avec Maman. Elle parlait gujarati. Nous n'étions pas capables de distinguer ce qu'elle disait, mais nous le devinions. Depuis toujours nous parlions en anglais à Papa, et à nos tantes et à nos oncles, mais jamais à Maman parce qu'elle avait du mal avec l'anglais, même si elle le comprenait. Et notre gujarati n'était pas à la hauteur. Voilà pourquoi nous écoutions toujours Maman avec attention, et nous l'observions. Peut-être est-ce pour cette raison que nous nous agrippions à elle, que nous lui rentrions dedans, que nous lui imposions notre présence. Depuis notre retour d'Édimbourg, Khush avait passé plusieurs nuits ainsi, à l'extérieur de la chambre.

J'ai voulu lui poser des questions au sujet de Maman, lui demander si elle croyait vraiment que Maman était en mesure d'entendre ce qu'elle lui disait sur le palier. Comme nous étions heureuses, toutes les deux, assises en plein soleil, j'ai tenu ma langue.

Khush retira ses gants, puis les fourra dans ses poches.

— Ged est sympa, hein ? dit-elle au bout d'une minute.

— De quoi ?

Elle se tourna pour me faire face et elle ajouta timidement :

— Il te plaît ?

Je l'ai regardée et, tout d'un coup, j'ai eu le cafard.

— Il est pas mal, ai-je répondu.

Le soleil commençait à se coucher derrière la colline, le froid tomba vite. La colline et les immeubles perdirent leurs couleurs et le silence s'installa sur le quartier. Dans l'obscurité froide et terne nous avons vu le chien, Quatrième Avenue, jaillir de l'obscurité derrière le coteau, dénudant ses crocs jaunes, ses épaules se relevant par saccades de gauche à droite. Nous l'appelions Quatrième Avenue parce qu'il arrivait toujours de cette direction, même s'il donnait parfois l'impression de se matérialiser sous nos yeux.

Il était gros et foncé. Il sillonnait le quartier sans se presser, avec sa grosse tête qui dodelinait doucement et son affreuse langue rouge. Affreux, il l'était, et il venait d'un autre monde. L'une de nous était sans doute en train de dire quelque chose, mais elle ne finit pas sa phrase. Nous avons attendu. Quatrième Avenue contourna la colline et il entra dans le fortin comme une brute, comme s'il n'avait rien d'autre de prévu, comme s'il arpentait son territoire. Ses épaules roulaient lentement et lorsqu'il arriva à notre niveau, les oreilles forcément remplies du battement de nos deux cœurs, il se tourna vers Khush et il la fixa, bien en face – un œil jaune, l'autre trouble et tout noir –, avant de jeter un regard sur le côté et de poursuivre son chemin.

Khush mit sa main sur la mienne pour me calmer, mais je n'arrêtais pas de trembler. Le regard que Quatrième Avenue avait posé sur Khush laissait penser qu'ils se trouvaient elle et lui au même endroit. J'ai voulu rentrer mais il fallut attendre parce que Quatrième Avenue devait rôder dans le coin, il allait passer devant notre maison puis prendre la direction de l'école.

— Il t'a vue, ai-je chuchoté.

Khush remonta son écharpe sur sa bouche.

— Maintenant on peut y aller, dit-elle à travers la laine, une fois le chien hors de notre vue.

Nous avons marché à pas lents en longeant les bâtisses de notre rue par l'arrière. À la maison, Khush ouvrit le réfrigérateur et elle me demanda si je voulais du Coca, ce à quoi j'ai répondu « Pas vraiment » avant de sortir dans le jardin. Je suis restée là jusqu'au retour de Papa et de Mona. Mona ouvrit la porte qui donnait dehors et j'ai cru qu'elle allait m'appeler, mais elle resta plantée là quelques instants, puis elle laissa la porte entrouverte et elle retourna à l'intérieur. Je l'ai suivie. Mona n'adressait pas la parole à Papa. Elle faisait nerveusement les cent pas dans la cuisine et quand je lui ai demandé où ils étaient allés elle rétorqua « Nulle part » et elle alluma la radio. Au salon Khush zappait d'une chaîne à l'autre. À huit heures du soir le son de la radio et de la télévision s'amplifia d'un coup avant de retomber instantanément. Un silence terrible suivit cette cacophonie soudaine. Khush débarqua dans la cuisine, elle s'apprêtait à nous demander ce que nous avions fabriqué mais quand elle vit nos têtes elle garda sa question pour elle. Elle monta se coucher de bonne heure. La pluie se mit à tomber, un vrai déluge. Une soirée effroyable, tout le monde était sur les nerfs mais je ne savais pas pourquoi, et peut-être que les autres n'étaient pas plus avancés que moi.

À deux heures du matin, heure à laquelle nous aurions dû dormir profondément, nous étions toutes réveillées. Étendues sans bouger dans nos lits superposés, Mona et moi, nous écoutions – à travers la couverture et le bruit du radiateur, la pluie et les branches épaisses et mouillées du prunier qui cognaient le carreau de la fenêtre – Khush, installée sur le palier, qui devisait avec Maman. D'une voix sombre elle chuchotait, et sa fébrilité était contagieuse. Papa dormait dans la chambre d'à côté et il l'entendait, forcément. Nous savions qu'en sortant sur le palier, nous la trouverions adossée à l'extrémité de la rambarde, contre le poteau qui servait de portemanteau, et qu'il suffirait d'aller la chercher pour qu'elle nous suive et retourne se coucher. Mais personne n'alla la chercher. Elle était là, dehors, à parler et à tendre l'oreille, et nous avons eu l'impression qu'une forme de contact s'établissait.

Nous l'avons entendue regagner la chambre un peu avant six heures. Khush arrivait à se repérer autour des lits et entre nos affaires étalées par terre, ou alors elle s'était habituée au noir. Elle ne se cogna pas le genou contre le pied d'un meuble, elle ne trébucha pas sur une raquette ni sur un sac à dos, rien. Elle se glissa sous sa couverture, elle resta allongée là et elle se leva une heure plus tard en même temps que tout le monde.

J'ai dit à Khush qu'elle pouvait prendre ma place dans la queue pour la salle de bains. J'ai attendu mon tour dans la chambre, debout près du radiateur, en essayant de trouver une zone bien chaude. Cela faisait plus d'un mois que des bulles d'air étaient piégées à l'intérieur de nos radiateurs, ce qui signifiait que leur surface restait en grande partie gelée et que la maison n'était jamais correctement chauffée. Nous mettions des manches longues et des sweats à capuche sans rien dire à Papa. Autrefois il aurait réglé le problème en un tournemain, à présent il faisait celui qui ne voyait rien. Mona vint se mettre à côté de moi. Nous ne recherchions pas seulement la chaleur. Nous voulions aussi sentir ces coups sourds à l'intérieur des tuyaux. Nous avions compris que ce qui cognait, c'était l'air pris au piège. Voilà ce que nous voulions sentir.

Khush me laissa la salle de bains. J'ai baissé l'abattant de la cuvette et je me suis assise sur les W.-C., le temps que le chauffe-eau se remplisse. J'avais la sensation que j'aurais dû me trouver à la place de Khush sur ce palier. Mona aussi était convaincue que c'était sa place à elle, je le savais.

Il faisait plus froid dans la salle de bains que dans la chambre. La peinture bleu clair des murs s'écaillait par endroits, l'un des carreaux au-dessus de la baignoire menaçait de se décoller. L'été qui avait précédé mon entrée à l'école primaire, nous avions passé une semaine entière à préparer et à ripoliner les murs, et nous étions euphoriques la première fois que des invités étaient venus voir le résultat. J'allais fêter mes sept ans. Le matin du grand jour j'étais assise comme maintenant sur les toilettes, l'abattant baissé, debout à côté de moi Maman se coiffait devant le miroir, Khush et Mona étaient venues se percher sur le rebord de la baignoire. Nous avions fermé la porte. Cela sentait le neuf et nous étions heureuses. Maman devait essuyer du tranchant de la main le miroir qui se couvrait sans cesse de buée. Elle se passa un coup de brosse, elle releva ses cheveux en chignon puis elle sortit son sindoor du meuble de rangement. Une poudre rouge vif qu'elle conservait dans une petite boîte plate en cuivre. Vermillon, avait précisé Khush. Du bout du doigt Maman tapota la poudre et traça une ligne vermillon, donc, dans ses cheveux, sur toute la longueur de la raie qui les divisait.

Je peux l'avoir ? ai-je chuchoté. C'était la question que j'avais voulu formuler, mais j'ai seulement su dire : Tu veux bien me le donner ?

Maman éclata de rire, puis elle me toucha la joue. Après ton mariage, me promit-elle.

Quand Maman descendit au rez-de-chaussée, Khush me fit m'asseoir, elle alla chercher la poudre dans le meuble et elle y plongea un doigt dans un geste calqué sur celui de Maman, elle s'approcha de moi et elle traça la même ligne dans mes cheveux. Enfin elle me toucha la joue, en tous points semblable à Maman, et elle me dit « Bon anniversaire ».

Et je suis descendue comme ça. Tante Ranjan était là, avec oncle Pavan et les autres. Maman dut pivoter vers la fenêtre pour dissimuler son sourire. Khush vit que la scène l'amusait et elle s'enhardit, même si tante Ranjan répétait que cela allait nous porter malchance. Khush courut à l'étage récupérer le voile rouge que Maman portait lors de ses noces. Elle me le mit sur la tête et je suis devenue une jeune mariée. Ensuite elle me fit faire sept fois le tour du tabouret que Papa avait placé au centre de la pièce pour poser mon gâteau dessus, comme s'il s'agissait du feu sacré, et elle me fit défiler dans un sens puis dans l'autre en me présentant à ma nouvelle belle-famille. Quand enfin elle m'amena devant Papa, il me regarda d'abord sous le voile de Maman, il regarda Maman, et lui aussi dut se tourner vers la fenêtre, pas pour cacher quoi que ce soit, mais parce qu'il n'y avait pas la place dans le salon pour contenir son émotion. Khush avait gravé la réaction de Papa dans sa mémoire. Moi, ce que j'avais retenu de mon septième anniversaire, c'était que j'avais fait le tour du salon et que j'avais tout vu à travers le voile rouge, mais Khush me raconta la journée qui avait suivi l'enterrement, lorsque nous avions vu les femmes âgées de notre entourage fouiller dans les affaires de Maman et l'une d'elles mettre la main sur son sindoor.

Je me suis levée, je me suis regardée dans le miroir. J'ai passé un doigt le long de la raie de mes cheveux, attendu que l'eau soit assez chaude pour me laver le visage. Puis j'ai pris une douche et je me suis habillée en prenant tout mon temps. Je voulais avoir l'air propre et jolie, au cas où.

Papa était déjà parti travailler, il nous restait deux heures à tuer avant de prendre le chemin de Western Lane. Dans la chambre, Mona était assise à la coiffeuse. Le lit de Khush était fait, son pyjama soigneusement plié sur son oreiller. Je suis sortie et je l'ai trouvée assise sur le perron. Elle portait le pardessus de Papa, celui avec la grande pèlerine. Elle en avait retroussé les manches et j'ai su qu'elles traîneraient par terre quand elle se lèverait. Le givre formait une couche sur le mur d'en face, par terre et sur le perron.

— Tu fais quoi ?

Redressant la tête, elle sourit.

— Tu es jolie.

De ma botte j'ai gratté une partie du givre sur la marche et je me suis assise à côté d'elle.

— Merci.

Elle avait les doigts bleuis par le froid et, lorsqu'elle me vit regarder, elle fourra les mains dans ses poches.

— Khush, ai-je demandé, qu'est-ce qu'elle t'a dit ?

J'ai cru que ma question resterait sans réponse mais, au bout d'une minute, elle lâcha un :

— Qui ?

— Maman.

— Oh.

Elle se leva et elle remonta le manteau de Papa en orientant ses mains vers le haut à l'intérieur des poches.

— Elle n'a rien dit du tout, répondit-elle.

— Mais elle était sur le palier ?

Elle me regarda.

— C'est pas comme ça.

— C'est comment ?

À l'instant où cette question franchit mes lèvres j'ai senti m'échapper une chose sur laquelle j'avais à peine prise et, tout bien réfléchi, je savais qu'il n'y avait rien. Rien à part Khush, seule sur le palier, qui s'efforçait d'arriver à destination.

— Pas grave. Tu n'es pas obligée de me dire.

Khush se rassit, elle regarda les garages alignés en vis-à-vis et la ruelle qui donnait sur Arrow Close. Elle sortit les mains de ses poches, des mains toujours bleuies par le froid. Soudain j'ai voulu lui expliquer pour Ged. Je m'étais fâchée contre elle l'autre jour, quand elle m'avait interrogée à son sujet, et j'en étais désolée, mais je ne savais toujours pas quoi dire exactement. Quelques mots en rapport avec la fois où il avait posé un surgrip sur ma raquette. Ou avec son bégaiement. Il fallait se taire, le laisser sortir ses mots et parfois, au milieu d'une phrase, il n'y aurait plus rien, une pause qui ne durerait qu'une fraction de seconde, mais on sentait qu'il faisait de son mieux, et on avait l'impression de se rapprocher peu à peu de lui dans le silence, alors qu'on n'avait pas bougé d'un centimètre. J'ai regardé le profil de Khush. Elle, elle aurait su quoi dire sur Ged. J'ai voulu rentrer. Khush ne bougeait pas. Elle avait posé ses mains sur le perron, ses doigts étaient si bleus et si gelés que j'ai senti la brûlure du froid au bout de mes propres doigts.

Deux

Les déplacements à l'intérieur d'un court de squash ne se comparent à aucun autre mouvement. Depuis le T jusqu'au fond du terrain, il y a une façon de pivoter à la diagonale, une impulsion puis une sorte de glissement. Lorsqu'on frappe la balle, l'élan commencé par cette action vous relance vers l'avant du court et le timing devient alors une question capitale, ni trop tard ni trop tôt. En même temps, cette histoire de timing ne doit pas virer à la hantise, autrement elle vous prend à contre-pied. Le ghosting est un moyen d'assimiler le mouvement. On répète les gestes à blanc, sans la balle, sans relâcher l'effort, dans l'enceinte du terrain.

Durant les séances de ghosting, Papa se postait à l'avant du court pour nous donner ses consignes. Il indiquait avec la main quel coup nous devions travailler. Une amortie dans le coin à droite, une volée de revers, une parallèle. Il variait les intervalles entre deux consignes. À peine remises d'une amortie, il nous fallait retourner dans le coin que nous venions de quitter, et encore une fois, et encore, ou alors il nous retenait trop longtemps au niveau du T, brisant notre élan. Il refusait de nous indiquer par avance combien de coups durerait l'échange virtuel.

Parfois il nous coachait depuis le balcon et, au lieu de montrer quel enchaînement il attendait de nous, il lançait des nombres à voix haute, chaque nombre correspondant à une zone du court. Jamais il ne haussait le ton. Tout cela générait une expérience faussée de l'espace dans lequel nous évoluions, au niveau du sol, mais aussi au-dessus de nos têtes. Nous sentions nos pensées fusionner avec les siennes et nous avions l'impression qu'écouter était facultatif, parce que nous étions parfaitement synchrones.

Papa envoya une lettre à Bala, un ami d'enfance installé à Mombasa, pour l'informer du décès de Maman. Bala lui répondit et ils entamèrent une correspondance régulière. Le vendredi soir à la nuit tombée Papa s'asseyait à la table de la cuisine sous le tube fluorescent, il écrivait pendant une heure et demie, inscrivait l'adresse sur une enveloppe, glissait sa lettre dedans et laissait l'enveloppe près de la porte pour l'expédier le lendemain matin. Nous trouvions de quoi nous occuper, devoirs, repassage, lecture, mais à chaque instant qui passait sa présence s'imposait à nous. Papa avait le visage en éveil quand il écrivait à son ami. Il était ailleurs, totalement, pas avec nous dans cette cuisine. Avant Diwali, Papa reçut un paquet que Bala avait aussi adressé à moi et à mes sœurs. Il me laissa l'ouvrir. Le paquet contenait une cassette vidéo : du Jahangir Khan pendant trois heures. Cette cassette intégra notre entraînement.

Durant les deux semaines qui précédèrent Diwali, il fit un froid polaire et tous les soirs ou presque nous avons regardé la vidéo avec les rideaux ouverts et la sensation qu'il allait neiger. D'habitude nous partions fêter Diwali à Édimbourg et oncle Pavan tirait un feu d'artifice dans son jardin. Nous prenions plaisir à le regarder mettre à cuire des grosses pommes de terre sur le feu. Nous prenions même plaisir à l'aider à nettoyer le jardin des mortiers vides et des fragments de papier le lendemain matin. Cette fois-ci aucune de nous ne voulut aller à Édimbourg.

Après l'école nous avons descendu nos valises du grenier. Mona annula la livraison de lait du week-end et nous nous sommes assises à trois dans le salon avec le ciel qui s'obscurcissait et la télévision allumée. Peut-être Papa perçut-il que nous attendions quelque chose de lui. Il coupa le son et il se pencha vers l'avant, sans quitter le canapé, comme à l'affût d'un bruit imperceptible. Nous retenions notre souffle. Papa se mit debout, posa la main sur mon front. Il la laissa là et il me regarda droit dans les yeux jusqu'à ce que mon champ de vision se limite aux profondeurs obscures des siens, puis il alla téléphoner à tante Ranjan dans le couloir.

Il l'informa que j'avais de la fièvre, qu'il valait mieux rester à la maison.

Khush tira une couverture jusqu'à son menton et garda les yeux rivés sur l'écran de la télévision, Mona aussi. Nous écoutions Papa parler dans le couloir, il répondait à des questions qui portaient sur mon appétit et sur ma température. Mona tendit le bras pour prendre la télécommande, monta le son. À son retour Papa s'assit, les mains jointes entre les genoux.

— C'est mieux comme ça, déclara-t-il.

Mona se blottit contre lui sur le canapé tandis que je m'installais par terre avec Khush. Nous nous sommes mises à plat ventre sur le tapis, puis adossées contre leurs jambes. Nous sommes restées ainsi un long moment, éclairées par la lueur tremblotante du poste.

Au cours des journées qui ont suivi, mes sœurs et moi avons adopté de nouvelles routines. Dans le fortin nous balancions des balles de tennis contre le mur et j'allais chercher celles que Mona ou Khush projetaient trop loin. À la maison nous regardions la cassette de Bala en compagnie de Papa. Je m'installais à côté du téléviseur parce que j'étais chargée de mettre sur pause et de rembobiner lorsqu'il voulait nous montrer quelque chose. Une frontière s'était dressée entre nous, Mona et Khush d'un côté, moi de l'autre.

Parfois Papa tenait à souligner un point précis et il me demandait d'abord lequel. Si j'hésitais il se penchait vers l'avant et il me disait « Réfléchis », si je répondais correctement ses yeux s'attardaient sur moi et il se carrait dans son fauteuil, la mine pensive, sous le regard scrutateur de mes sœurs.

C'est vers cette période que Mona, de plus en plus susceptible et maussade, enfilant les migraines et les jérémiades, commença à échafauder des théories sur l'identité de celle que Papa allait offrir en sacrifice à tante Ranjan. Une fois elle m'avait regardée dans le miroir de la coiffeuse.

— Toi, tu n'as pas à t'inquiéter, tant que tu restes exactement comme tu es, avait-elle affirmé.

Et elle avait posé son peigne sur la coiffeuse à côté de son flacon d'huile de coco.

Quelques jours plus tard, alors que nous révisions à l'étage de la bibliothèque de Marsh Farm, Mona s'était penchée vers moi, j'étais assise en face d'elle, et elle m'avait dit en chuchotant très fort qu'on commençait à voir mes seins.

J'avais gardé la tête baissée au-dessus de mes livres. Mes mains s'étaient mises à brûler. J'avais senti dans mon corps une violence soudaine.

Quelqu'un fit « Chut ». Mona avait pris ses livres et elle était partie s'asseoir ailleurs.

Le matin de Diwali nous nous sommes réveillées dans notre lit à nous et nous sommes descendues au rez-de-chaussée. Le jour n'était pas encore levé. Mona déballa les cygnes en verre qui allaient nous servir pour les lumières de Diwali. Maman avait essayé de nous apprendre à les remplir d'eau colorée. Il fallait les incliner à un angle précis, verser l'eau par la tête et le long du cou, et puis faire flotter une bougie sur leur dos. Les autres années Maman avait préparé mon cygne à ma place. Lorsque Mona m'en tendit un, j'ai senti qu'elle et Khush m'observaient. J'ai voulu le lui rendre.

— Fais-le, toi.

— Non.

J'ai plongé la main à l'intérieur de la cruche pour retirer le papier crépon qui servait à teinter l'eau et j'ai versé le liquide d'un rouge translucide dans le cygne en verre. J'ai penché puis redressé le cygne, rallongé la mèche de la bougie, posé la bougie à la surface de l'eau. Mona me laissa me débrouiller, puis elle plaça le cygne rouge à côté de l'évier et nous l'avons observé toutes les trois. Une bulle d'air oblongue était bloquée dans l'arc du cou. La tête donnait l'impression d'être déconnectée du reste du corps.

— Je vais réessayer, ai-je dit.

— Pourquoi ? fit Mona. On n'a pas le temps.

Mes sœurs préparèrent leur cygne, chacune apporta le sien au salon pour l'exposer sur l'étagère et, quand Papa descendit, Mona lui montra qui avait fait quoi.

Comme nous n'avions pas célébré Diwali chez tante Ranjan, nous irions fêter le réveillon de Noël. Nous ferions le trajet jusqu'à Édimbourg le matin pour rentrer le lendemain soir. Et, le 26, il était prévu d'aller rendre visite à des connaissances de Papa en ville.

J'ai pris l'habitude de me réveiller à six heures parce que, à cette heure, je pouvais être seule. Durant la semaine qui précéda Noël, alors que la grisaille régnait, qu'il pleuvait des cordes et que tout le monde dormait encore à l'étage, je descendais au salon m'accroupir devant la télévision, en sweat et legging. Je mettais la cassette de Bala.

Il se produit un phénomène singulier lorsqu'on regarde Jahangir Khan pendant trois heures. On se persuade qu'il lit dans les pensées de ses adversaires. Jahangir est athlétique et véloce, et gracieux, mais c'est la façon dont il rentre dans la tête de son rival qui vous pousse à rester collé à l'écran. Il s'adapte au jeu d'en face, quelle que soit sa nature, et retourne les armes dont on se sert contre lui, ou alors il écrase toute opposition. À chaque match c'est le même Jahangir, mais pas tout à fait. Comme si le curseur changeait de place pour lui donner l'avantage sur Hiddy Jahan, Gogi Alauddin, Qamar Zaman ou encore Geoff Hunt, selon l'adversaire du moment. Les joueurs savent ce qu'ils s'apprêtent à affronter et, en même temps, ils sont complètement dans le noir.

Je coupais le son. Je m'efforçais de voir ce que voyait Papa, au cas où nous aurions une perspective différente. Papa n'avait jamais dit que Jahangir savait lire dans les pensées. Il parlait de l'interprétation que Jahangir faisait de chaque situation, de sa lucidité par rapport à ce qui se passait dans son dos.

Un matin j'ai entendu un bruit de pas dans l'escalier, puis dans le couloir qui menait à la cuisine, et au bout de quelques minutes Khush a débarqué avec une assiette de biscuits digestifs sur lesquels étaient disposés des quartiers d'orange. C'était l'en-cas que nous apportait Maman. J'ai monté le volume.

Khush préférait les joueurs qui proposaient un squash spectaculaire, qui maniaient la raquette comme s'ils se préparaient à pulvériser la balle contre le mur du fond pour ouvrir le tamis à la dernière seconde et envoyer leur projectile dans le nick en effleurant à peine les cordes. Elle avait le cœur gros lorsque Jahangir en venait facilement à bout, et moi aussi, mais je sais que Papa avait raison quand il disait que Jahangir avait cela aussi, que Jahangir était un joueur complet, la différence étant qu'il comprenait le pouvoir du jeu long qui transforme la balle en proie dont on s'empare au plus tôt et qu'on propulse encore et encore vers l'arrière du court. Assise en tailleur à côté de moi, Khush bâillait, ne regardant que d'un œil.

Sur ses genoux était posée la lettre de Papa, toujours scellée dans son enveloppe, que nous allions mettre à la poste en chemin vers l'école de gujarati. Je savais qu'elle allait proposer de l'ouvrir pour voir ce que Papa avait écrit. Nous en parlions souvent, sans jamais passer à l'acte. Nous nous contentions d'imaginer ce que Papa racontait à son ami. Nous inventions les descriptions qu'il faisait de nous et de notre vie. La fois où Papa nous avait photographiées à l'intérieur du court, en tenue d'entraînement, alignées contre le mur frontal avec la ligne de service rouge derrière nous, comme des stars de cinéma ou des suspects. La fois où nous étions allés à Wembley voir les terrains sur lesquels Jahangir s'entraînait avec Rahmat, son coach et cousin. La fois où l'une de nous avait fourré dans un baluchon un morceau de fromage, une brosse à dents et des culottes propres, et marché jusqu'au gigantesque marronnier derrière les immeubles avant de revenir sur ses pas à cause des guêpes. Mais nous savions que ce que Papa racontait dans ses lettres n'aurait aucun rapport avec nous. Il ne parlerait que de l'époque où il avait vécu à Mombasa, où lui, ses frères et son ami Bala étaient jeunes, une époque où nous n'existions pas.

L'écran vira au noir, un nouveau match commença. Silence pendant plusieurs minutes. L'image était floue et, quand le son revint, je l'ai trouvé fort et assourdi. Khush me passa une feuille de sopalin. Je me suis essuyé le menton. Soudain je me suis sentie somnolente et j'ai été prise de l'envie irrésistible de me blottir contre Khush, mais elle était en train de mordre dans son biscuit à l'orange, très concentrée. Je me suis mise à frissonner. Khush ne quittait plus notre chambre depuis ce jour où nous étions assises sur le perron et je lui avais demandé ce qu'elle traficotait sur le palier la nuit. Je me disais qu'elle s'était peut-être convaincue qu'elle n'avait jamais communiqué avec Maman. Qu'elle avait arrêté pour cette raison précise. Je traversais moi aussi des phases où j'étais persuadée que Maman n'allait pas tarder à revenir. Ces crises débutaient toujours par une sensation de froid qui me gagnait soudain et, si Khush était à mes côtés, je sentais toujours son regard peser sur moi. Justement, j'étais frigorifiée.

J'ai fermé les yeux. La bande-son étouffée du match devint plus forte, la pluie tombait toujours aussi dru. J'ai enfourné un quart de biscuit ramolli par l'orange. J'ai essayé d'avaler et j'ai eu l'impression que cette pâte se bloquait dans ma gorge. Les paupières closes, j'ai vu le tapis du salon, violet, avec son motif à spirale et ses fibres épaisses, et les rideaux bleus à la fenêtre de la chambre à l'étage qui, même tirés, laissaient entrer le soleil. J'ai tout vu à travers les yeux de Maman, qui était de retour et qui arpentait la maison. Je nous ai vues nous : Khush et moi devant la télévision, Mona en haut. Au lieu d'avoir l'idée de m'approcher d'elle et de la tirer par les poignets pour qu'elle nous rejoigne, j'ai pensé à ce qu'elle ressentirait en revenant à nous, en revenant maintenant. J'ignorais si elle avait déjà passé trop de temps ailleurs.

Je me suis penchée vers l'avant et j'ai posé ma joue sur ma main. Peut-être, ai-je songé, qu'elle aurait hâte de reprendre place dans notre vie, et alors elle découvrirait que tout était devenu trop concret, elle nous jugerait – nous et notre corps – trop matérielles. Je me demandais si un simple contact physique laisserait des bleus sur elle. Si nos voix mettraient ses oreilles à la torture. Si elle aurait l'impression d'être bousculée chaque fois que nous passerions à côté d'elle à toute vitesse. Si elle nous trouverait changées, et n'oserait pas nous parler des infimes nuances qu'elle relèverait, de peur d'être contredite.

J'ai étudié les manches de mon sweat. Le tissu gris qui se distendait ne tarderait pas à finir troué. J'ai regardé Khush qui se grattait l'avant-bras et ramassait des miettes sur le tapis. Si Papa ne s'était pas métamorphosé aussi radicalement, me suis-je dit, s'il ne s'était pas jeté à corps perdu dans notre nouvelle routine, ce serait différent. Maman resterait, elle se réhabituerait à nous.

À la télévision le match n'en finissait pas. Il y avait une petite brise, légère et frémissante, un bruit de porte à double battant qui s'ouvrait et se refermait au bout d'un couloir, l'odeur de chlore d'une piscine. Ensuite tout devint noir et blanc et j'ai compris que j'étais en plein rêve parce que j'ai vu Papa debout devant un court de squash, occupé avec son carnet, et Maman qui le regardait assise sur un banc à côté. Elle ne comprenait pas ce qui se passait. J'étais sur le court, vêtue du pardessus de Papa, et j'avais à la main une raquette dotée d'un grip jaune tout neuf. J'avais la vague impression que le grip posait problème, mais je ne pouvais pas m'attarder dessus parce que je devais m'approcher de la paroi vitrée et parler à Maman, lui expliquer ce que préparait Papa. Autrement, elle quitterait le banc d'ici une minute et elle s'en irait, convaincue de ne pas trouver sa place dans ce qui se tramait. Lorsque j'ai posé la main sur la vitre Papa me lança un regard sombre et confidentiel, empreint tout à la fois de puissance et de tendresse, et j'ai su qu'il y avait entre nous un secret qu'il fallait protéger. J'ai regardé mon grip, je me suis retournée et j'ai repris mon exercice.

— Qu'est-ce qu'il y a ?

Le visage tout près du mien, Khush avait posé sa question d'une voix étrange et je me suis rendu compte qu'elle était sur le point de pleurer, parce que je pleurais moi aussi, pas tout bas dans mon coin, mais avec de gros sanglots qui montaient des tréfonds de mon être, qui enflaient et secouaient mon corps, qui noyaient le reste. Les mains, les joues, la bouche, de l'eau partout. Khush me maintint par les épaules et j'ai laissé couler mes larmes, avec la sensation qu'elles jaillissaient de quelque part en moi, d'un endroit vaste et grand ouvert.

Lorsque Mona descendit, j'étais à moitié assoupie sur le tapis devant la cassette. Khush m'avait recouverte d'un plaid. À l'écran Jahangir infligeait son jeu long classique à Geoff Hunt et, même si Khush avait baissé le volume, j'entendais la balle qui faisait la navette.

— On va sécher le cours de gujarati, déclara Khush, s'adressant à Mona.

Mona mettait des coups de pied à la table derrière nous.

— Madhulaben va le répéter à Papa.

Mona avait raison. Madhulaben allait le répéter à Papa et il ne saurait pas quoi lui répondre. Je me suis redressée sur un coude.

— C'est bon. Je vais y arriver.

Khush m'étudia avec attention. J'ai essayé de soutenir son regard. J'avais la tête qui tournait.

— Non, dit-elle.

Illico, je me suis retrouvée à l'étage dans mon lit avec une bouillotte et deux couvertures. Au total j'ai dû rester fiévreuse une semaine. Je me rappelle que les couvertures pesaient lourd sur mon corps. Elles me semblaient humides, bien chaudes. Je me souviens que quelqu'un avait branché la lampe à côté du lit. Je me souviens aussi avoir passé des heures à fixer les croisillons en métal de la couchette que Mona occupait au-dessus de moi dans la lumière de cette lampe, et le creux laissé par le corps de ma sœur dans le matelas.

Papa, qui n'entrait jamais dans notre chambre, est venu me voir. Une fois, me semble-t-il. Nous étions seuls. Il s'assit sur le tabouret pour enfant devant la coiffeuse et il resta là sans dire un mot mais, au moment de partir, il s'approcha du lit, posa une main légère sur ma poitrine et me borda d'une façon telle que je n'ai pas osé bouger de la nuit, de crainte de défaire son travail. Ma lampe diffusait une lueur orange et j'entendais mon propre cœur battre tout doucement.

Sur l'insistance de Mona, je suis restée à la maison le temps de ma convalescence – mais Papa en profita pour me préparer à mon retour à Western Lane. Nous avons visionné ensemble la cassette de Bala jusque très tard, tous les soirs. J'aimais bien veiller avec Papa. Cela avait le don de faire râler Mona, qui répétait qu'il fallait que je me couche tôt, ce à quoi Papa répondait qu'il fallait que je m'occupe l'esprit. Au bout du compte je suis retournée à l'école mais nous avons continué à regarder la cassette jusqu'à une heure avancée et j'ai commencé à m'assoupir en classe, me réveillant en sursaut lorsque le professeur m'interrogeait.

Possible que Mona soit arrivée à la conclusion que jouer au squash me serait plus bénéfique que ces couchers tardifs. Un matin Papa s'assit face à moi dans la cuisine, son manteau sur le dos, il a attendu que je finisse mes céréales et il m'a dit :

— On se retrouve à Western Lane après ta leçon de gujarati.

Mona entra à cet instant, elle avait dû l'entendre. Elle alla chercher un bol dans le placard. Elle versa ses céréales dedans sans regarder ni moi, ni Papa. Papa se mit debout et il partit travailler.

Arrivées les premières, nous avons disposé les tables. Nous étions dix-huit au total, le plus jeune avait six ans, le plus vieux quinze. Nous nous asseyions sans nous préoccuper de l'âge ni de notre niveau. Nous revenions toujours aux mêmes places, adoptées au hasard le premier jour. Chaque élève était censé s'associer à son voisin, le plus âgé aidait son cadet à lire et ensuite ils inversaient. J'étais à côté d'un garçon prénommé Hari qui vivait avec ses parents et sa grand-mère dans une chambre au-dessus d'un magasin de primeurs sur Bury Park. Du haut de ses sept ans, Hari parlait mieux gujarati que moi. Je l'ai laissé lire. Il faisait bien chaud dans le couloir, je commençais à fatiguer et je voulais aller dehors. Une lourdeur s'installa dans mon corps, une meurtrissure.

J'ai senti l'haleine d'Hari, qui avait mangé des pommes de terre, et l'odeur de renfermé qui émanait de ses habits.

Madhulaben nous surveillait depuis le devant de la salle. Elle alluma la radio, monta le chauffage et lut un roman à l'eau de rose assise sur le radiateur tout au bout du couloir.

En classe, nous avions tendance à rester dans notre coin. Les autres filles se connaissaient parce qu'elles se retrouvaient en dehors pour interpréter des danses kathak et des pièces de théâtre au Queensway Hall. Elles ne nous excluaient pas de leur groupe mais nous ne savions pas quoi leur dire et elles ne savaient pas quoi nous dire non plus. Je me suis rendu compte que l'une des plus âgées, Jinal, se désintéressait parfois de sa lecture et nous observait à la dérobée. Depuis la mort de Maman, nous avions toujours pris soin de sortir de chez nous les cheveux propres, les ongles coupés, les vêtements lavés. Nous le faisions d'instinct, sans nous être consultées, et nous avons senti toutes les trois que cette fille avait repéré quelque chose qui clochait. Nous avons gardé la tête baissée en nous efforçant de ne pas y prêter attention mais nos trois voix nous parurent tonitruantes et dures, malgré la cacophonie diffusée par la radio de Madhulaben et la rumeur des élèves qui lisaient autour de nous. J'ai essayé de parler plus bas, ce qui força Hari à venir tout près, jusqu'à me souffler son haleine sur la joue.

Madhulaben revint dans la salle de classe les joues rougies par la chaleur qu'émettait le radiateur. Elle défroissa le devant de son kameez, puis elle attendit que nous fassions silence pour donner ses consignes. Elle nous fit recopier un passage de notre manuel. Comme d'habitude l'extrait qu'elle avait choisi présentait une grande difficulté, ni la grammaire ni le vocabulaire utilisés ne nous étaient accessibles. Je me suis contentée d'écrire. Je n'ai pas essayé de comprendre. Je l'ai simplement retranscrit sur une page propre, calligraphiant chaque lettre.

Du temps où Maman était encore parmi nous, j'avais imaginé qu'un jour j'apprendrais par cœur les passages que nous donnait Madhulaben, et ensuite je rentrerais à la maison et je les lui réciterais. Je croyais que Maman articulait ses pensées dans ce style de langue. Plus tard, après sa disparition, j'ai regretté de ne pas avoir été plus appliquée, de ne pas les avoir mémorisés, de ne pas avoir demandé à Madhulaben de nous en expliquer le sens.

La leçon terminée, nous avons rangé les tables et enfilé notre manteau, et c'est là que Jinal s'est approchée de Mona d'une démarche volontaire qui suggérait qu'elle avait un motif de plainte.

— Hé, désolée pour votre maman, lâcha-t-elle.

Difficile de ne pas voir qu'elle avait une autre idée en tête. Nous nous étions retrouvées dans le même couloir que Jinal une bonne dizaine de fois depuis le décès de Maman, jamais elle n'avait mis le sujet sur le tapis. Jinal avait perdu son père l'année de ses dix ans et nous avions toutes mis nos tuniques blanches pour aller lui rendre un dernier hommage le lendemain de sa mort. Peut-être avait-elle conscience que c'était bizarre de venir nous voir maintenant, après avoir laissé passer tant de temps.

Mona répondit « Merci » et nous étions prêtes à gagner la sortie, sauf que Jinal est restée plantée là. Son manteau sur le dos, elle nous bloquait la porte.

— Comment se porte votre papa ? poursuivit-elle. Parce qu'il est venu réparer notre four, et quand il a fini il est parti sans rien dire et il n'a pas touché son thé. Enfin bref ma maman voulait savoir…

— Il va bien, rétorqua Mona.

Jinal eut l'air gênée.

— Bon, d'accord, murmura-t-elle.

Au bout de quelques secondes elle sortit une excuse et elle alla rejoindre ses copines qui patientaient.

Ce que voulait savoir la mère de Jinal, nous n'en avions pas la moindre idée, et peut-être qu'au fond cela se réduisait à rien. Mais la façon dont Jinal nous avait sauté à la gorge, sa façon de se tenir, tout cela nous disait que ce n'était pas rien, et nous n'avions pas envie de creuser le sujet.

Nous nous sommes attardées près de la porte en attendant que les autres s'en aillent, puis nous avons enfourché nos bicyclettes et nous avons pédalé jusqu'à Western Lane sans passer par le raccourci.

La piste devant le complexe sportif était mouillée et, à la perspective de travailler nos pointes de vitesse, le découragement nous gagna. Nos pensées restaient focalisées sur la mère de Jinal. Nous imaginions Papa qui nous observait à l'entraînement, adossé au mur, et la mère de Jinal qui débarquait au complexe vêtue de son sari des grands jours et qui allait se poster à côté de lui avec deux tasses de thé.

Nous avons pris notre temps dans le vestiaire. Je crois que je le pressentais mais, en allant aux toilettes, j'ai découvert que je saignais. Cela ne m'a pas effrayée parce que Khush me l'avait expliqué, malgré tout la vue du sang me chamboula et me retourna l'estomac.

Khush toqua à la porte du box.

Je suis sortie, j'ai annoncé que j'avais mes règles et elle se servit de la monnaie réservée aux urgences pour m'acheter une serviette hygiénique au distributeur.

— Ne dis rien à Mona, lui ai-je demandé.

Dehors nous avons fait des étirements, mollets et quadriceps, en silence. J'ai posé ma main sur le mur afin de ne pas perdre l'équilibre. Khush m'étudiait.

— On n'est pas obligées de courir, dit-elle au bout d'un moment.

— Mais si.

Mona regarda Khush, puis elle me regarda moi. Je me suis laissée tomber par terre et j'ai resserré les lacets de mes baskets. J'avais le visage en feu, j'aurais pu jurer que Mona s'était approchée de moi, nous étions de retour à la bibliothèque et Mona chuchotait, elle n'arrêtait pas de chuchoter.

Trois

Sur le court, en plein match, on est seul, en un sens. Il ne peut en être autrement. On est censé trouver sa propre solution. Trouver comment frapper la balle et s'ouvrir l'espace nécessaire. On doit tenir le T. Personne ne peut vous venir en aide. Personne ne peut se concentrer ni redouter l'échec à votre place. Pourtant, parfois, c'est l'inverse qui semble se produire. Sur le court, on découvre que l'on n'est pas seul du tout.

Mona ne s'intéressait pas au squash. Il y avait en elle quelque chose de renfrogné, une raideur musculaire, un refus du relâchement ou de la cadence dans les mouvements. Khush savait frapper. Elle savait se déplacer. Le souci, c'est qu'il lui fallait un temps fou pour se remettre des épreuves physiques qui émaillaient toujours l'entraînement. De nous trois, j'étais la seule à progresser.

Par deux fois, Papa s'était assis sur le banc à côté de Khush pendant que Mona et moi, nous allions chercher de l'eau. Nous l'avions entendu dire que j'avais besoin d'adversaires à la hauteur si je voulais m'améliorer. On aurait pu penser qu'il s'adressait à un inconnu et qu'ils discutaient de la météo.

Les deux fois, Khush avait projeté son regard dans le court, les cheveux plaqués sur ses joues rougies. « Je fais de mon mieux », avait-elle répondu.

Un lundi soir Papa abrégea la séance, il me demanda de rester à Western Lane et d'attendre toute seule. Il allait reconduire mes sœurs à la maison, après quoi il avait un dépannage en ville. Il me dit ensuite de guetter l'arrivée de Ged qui était au bar. J'allais jouer contre lui. Il viendrait me récupérer après, mais il ne semblait pas pressé de partir. Il n'arrêtait pas de lancer des regards vers le balcon. J'ai entendu la mère de Ged à l'étage, elle fredonnait tout bas une mélodie un peu désaccordée qui s'éparpillait, et pendant ce temps Papa boutonnait lentement son manteau.

Je ne savais pas si j'étais censée proposer à Ged de jouer contre lui ou si Papa avait déjà tout arrangé. J'étais en train de remplir un cône en papier à la fontaine à eau lorsque Ged est descendu.

Il lâcha un « Salut », se dirigea vers le panneau d'affichage et se posta devant pour étudier la fiche d'inscription à la ligue de squash qu'un adhérent essayait toujours de fonder, sans succès. Il y avait un stylo-bille fixé tête en bas sur de la pâte adhésive à côté de la feuille.

En plus d'aider sa mère avec les verres au bar, Ged avait pour tâche de s'occuper des terrains, ce qui impliquait essentiellement de les maintenir propres et de remplir la fontaine à eau. Et de repeindre les murs au cours de l'été, en fonction de leur état. Ce travail, Ged en avait eu l'idée lui-même et comme le gérant appréciait sa mère, il lui avait donné son feu vert. Il payait Ged de la main à la main. Il m'arrivait de penser que Ged l'aurait fait à titre bénévole, vu sa mine réjouie et pensive quand tout était propre. À présent il affichait la même expression, tenant son sac à dos et sa raquette d'une main, concentré sur la fiche d'inscription. Imaginons que l'encre du stylo ait séché après être restée si longtemps à l'envers, ai-je songé, je pourrais lui offrir un des crayons que j'ai dans mon sac à dos.

— Ça coule à côté.

L'eau de la fontaine passait par-dessus le bord de mon gobelet, se répandant par terre et sur le côté de ma basket. J'ai lâché le bouton-poussoir et je me suis écartée.

Ged avait des serviettes en papier dans son sac. Il appuya sa raquette contre le banc et il s'approcha.

— Je peux me débrouiller.

— C'est bon.

Il était déjà accroupi, épongeant l'eau qui formait une flaque autour de la fontaine.

— Tu vas t'inscrire à la ligue ? ai-je demandé.

Ged posa une dernière serviette à plat par terre, puis il ramassa celles qui avaient absorbé l'eau et il se remit debout. Je n'avais jamais vu Ged affronter un adversaire, et j'étais incapable de dire si c'était dû au fait qu'il n'avait trouvé personne à défier, ou s'il n'en ressentait pas l'envie. Ged ouvrit la poubelle à côté de la fontaine et il y fourra les serviettes trempées.

— Je ne sais pas, rétorqua-t-il.

J'ai bien cru qu'il allait s'en aller alors j'ai lâché, précipitamment, et toute rouge :

— Ça te dirait d'échanger quelques balles avec moi ?

Ged regarda le haut de la fontaine à eau. Il réfléchissait à la tournure qu'il allait donner à sa phrase.

— Si tu veux, répondit-il prudemment. On n'est pas obligés.

Papa lui avait parlé.

— À toi de décider.

Il resta sans réaction.

— Pourquoi tu-tu joues ? finit-il par ânonner.

Ged s'était débarrassé de son bégaiement au cours des vacances de Noël mais c'était encore là, en embuscade. À chaque fois cela le forçait à parler lentement. Avec Ged, on avait soudain l'impression d'être au cœur d'une conversation, au plus profond. J'ai regardé l'eau que contenait mon cône. Il n'était pas venu à l'esprit de Ged que c'était là une question étrange. Comme il voulait connaître la réponse, il la posait, et j'ai voulu lui donner satisfaction. J'ai pensé à Papa, à toutes ces fois où j'étais sur le court et qu'il m'observait, à mes sensations quand je l'oubliais et je me contentais de bouger ou de frapper la balle, et ensuite à mes sensations quand je ne jouais pas. Ged se tenait là, il attendait que j'élabore. J'ai songé : un match peut paraître sans fin. J'ai répondu : « Je n'en sais rien. »

Sur le court, j'ai eu le sentiment de faire naître quelque chose avec Ged, une chose invisible, immatérielle. Je frappais bien. Je ne lâchais pas la balle des yeux. Elle avait la même taille qu'une balle de tennis ; difficile de mal frapper. Je changeais de placement, je fondais dessus et je sentais une douce vibration parcourir mon corps, des orteils à l'extrémité de mes doigts. Je me déplaçais aisément et sans effort. Grâce à Ged. Il ne me poussait pas, pas exactement, mais je sentais qu'il avait une conscience totale de ma personne. Il avait également conscience des murs et de la ligne de sortie rouge, de la paroi vitrée dans notre dos, de la coursive et de l'ensemble du bâtiment : la piscine un peu plus loin où personne ne nageait pour l'instant, le bar désert, les fenêtres qui donnaient sur des champs à l'arrière-plan. J'ai senti sa lucidité se mêler à la mienne. Alors j'ai balancé une volée amortie,

Ged s'est arrêté, il m'a regardée comme s'il ne me connaissait pas et sous ce regard je me suis arrêtée moi aussi.

Nous nous sommes assis sur le banc devant le court. Mon t-shirt était humide, plaqué sur ma poitrine, et cela m'embarrassait énormément. J'ai demandé à Ged s'il trouvait cela barbant, de jouer contre moi.

— À ton avis ?

J'ai regardé la raquette qu'il tenait dans ses mains.

— Ce n'est pas barbant, déclara-t-il.

Nous sommes restés un long moment sur le banc. Nous avons discuté. J'ai décrit à Ged une grotte dont j'avais entendu parler. Sur les parois de la grotte étaient exposées des peintures, en majorité des mains dont le contour avait été tracé sur la roche, surtout des mains gauches, des mains par centaines. C'était passé à la radio, dans la cuisine. À leur taille les experts avaient déduit que ces mains appartenaient à des garçons de dix ans, mais j'aurais aimé savoir comment ils avaient pu écarter la possibilité qu'il s'agisse de mains de petites filles. Ged me demanda si toutes les peintures dataient de la même époque. Comment ça se serait passé sinon ? ai-je pensé. Alors j'ai imaginé qu'à chaque génération un enfant, garçon ou fille, avait peut-être été conduit dans les profondeurs de la grotte pour poser sa paume sur la paroi. Nous avons fait semblant d'écouter le bruit des pas au-dessus de nos têtes et les cris étouffés des gamins qui plongeaient dans la piscine.

Ged commença à ramasser ses affaires. Il se mit debout.

— À demain, dit-il.

Je l'ai regardé.

— À plus.

Il s'éloigna.

Il allait regagner l'étage pour aider sa mère au bar. Je n'avais pas l'intention de parler, ni de faire le moindre bruit, mais quand je me suis levée ma raquette a heurté le banc et je me suis entendue crier : « On joue demain ? » Ged s'est retourné, il affichait la même expression que la première fois où je lui avais posé cette question, j'ai compris alors que le match du lendemain avait aussi été arrangé avec Papa, mais cette fois il répondit simplement : « Ça me plairait bien. »

Une frappe nette peut arrêter le temps. Parfois c'est comme s'il n'existait pas d'autre forme de paix.

Ged et moi, nous avons joué trois matches cet hiver-là et, au printemps, un match plus ou moins chaque jour. Ces quelques mois furent marqués pour moi par une très grande clarté d'esprit. Je me levais tôt le matin, pas pour être seule, mais parce que j'avais attendu toute la nuit que la journée démarre.

À Western Lane, un jour où les gars de chez Vauxhall se trouvaient sur le court, les portes avaient été laissées ouvertes et les arbres dehors s'étaient couverts de bourgeons blancs, je me tenais à côté de Ged, pétrifiée, et Ged ne bougeait pas non plus. Cela ne se produisit qu'une fois, peut-être, mais cette image resta gravée comme si cela revenait régulièrement durant mon enfance. J'ai arrêté de penser à Maman. Le monde me paraissait vaste et lumineux, recelant un secret qui me serait bientôt révélé.

Un samedi, je m'échauffais avec Ged sous les yeux de Papa. Deux Pakistanais qui avaient à peu près son âge, vêtus d'un t-shirt et d'un short blanc, poussèrent la porte. Je les connaissais de vue. Des habitués avec qui Papa avait sympathisé. L'un portait un volumineux sac de sport marqué du logo de la marque Dunlop, dont dépassait le manche d'une raquette assortie à sa tenue.

Cet homme s'appelait Maqsud. La première fois que Maqsud était venu à Western Lane, lui et Papa s'étaient regardés en chiens de faïence. C'était Maqsud qui avait brisé la glace. Au bar il avait offert un verre à Papa et, avant d'accepter, Papa avait un peu parlé. De rien, en apparence, mais il s'était débrouillé, par ce rien, pour faire comprendre à Maqsud que nous appartenions (d'un geste de la main il nous avait incluses dans ce « nous ») à la communauté jaïn. À la maison, Mona avait tenté de lancer un débat sur le sujet. « Si on est tous frères, quelle importance ça a qu'on soit jaïns ? » avait-elle proclamé. « Ça en a, de l'importance », avait répondu Papa avant de retourner à sa paperasse.

Ce jour-là, Maqsud salua Papa pendant que son ami prenait la direction du court voisin. Ged et moi, nous travaillions notre volée.

— C'est la plus jeune ? demanda Maqsud.

Il avait une voix bienveillante, rocailleuse.

À la fin de l'échauffement nous avons démarré un match, conscients que Maqsud nous observait. Nous avons joué vite et visé juste. J'étais en train de récupérer la balle dans un coin du court quand Maqsud me fit signe d'approcher, de la main et de la voix, alors j'ai lâché la balle que j'avais ramassée, je l'ai poussée de ma raquette en direction de Ged et j'ai avancé vers le mur du fond.

— Il y a un tournoi organisé à l'hiver, m'informa Maqsud. À Durham et à Cleveland. Vous devriez vous y inscrire, tous les deux.

Sa voix atténuée par la vitre me donnait l'impression qu'il me confiait un secret, mais il arrivait aussi à la projeter dans le court et à inclure Ged.

Nous passions à côté de Durham chaque fois que nous nous rendions à Édimbourg. La route était longue. Il y avait un château éclairé en orange la nuit. Je voulais que Maqsud ajoute quelques mots. Je trouvais hypnotiques ces accents à la fois durs et doux. Papa alla consulter son carnet et Maqsud ne s'adressa plus qu'à moi.

— Ton père croit en toi. Parce qu'à l'intérieur du court, tu es aussi costaude qu'un garçon. Tu le sais, ça ?

J'ai regardé ma raquette, rajusté le cordage d'une main tremblante. J'ai entendu celle de Ged cogner le mur et j'ai sursauté, convaincue qu'il frappait un objet devant moi. Je me sentais très proche de Ged, et de Papa, et aussi de cet homme. Maqsud attendait que je prenne la parole. J'ai passé la main sur ma raquette en tâchant de ne pas bouger les doigts.

— Mais pas n'importe quel garçon, me suis-je entendue répondre.

Il y eut un silence et Maqsud éclata de rire. J'ai levé les yeux, Papa m'a imité. J'ai vu qu'il était surpris et content.

— Durham et Cleveland, répéta Maqsud, et il partit rejoindre son ami à côté.

Depuis ce jour, Ged et moi, nous guettions la voix de Maqsud dans les couloirs à chaque séance d'entraînement. Les mots Durham et Cleveland prirent un sens particulier. Nous imaginions un paysage sombre couvert de neige, des courts en verre scintillant sous le soleil hivernal. Ou un lieu d'une banalité à pleurer, du béton, du gris.

— Durham et Cleveland, disait soudain l'un de nous, sans la moindre raison, et nous allions nous asseoir un moment.

Je me levais de plus en plus tôt le matin. Le week-end et les vacances, quand il faisait encore nuit, je disposais huit tranches de pain sur la table de la cuisine et je préparais des sandwiches que je fourrais dans une boîte à déjeuner. Ensuite je pédalais dans le noir jusqu'à Western Lane. Lorsque j'accrochais l'antivol à ma bicyclette, le jour commençait à poindre mais l'herbe et les arbres étaient toujours incolores. Je chronométrais mes sprints sur la piste d'athlétisme jusqu'à l'ouverture du complexe sportif, j'entrais et j'allais m'entraîner sur l'un des courts. Les courts n'étaient accessibles qu'à partir de sept heures et demie, si j'arrivais avec de l'avance je m'asseyais sur un banc et j'attendais. Un matin le gérant m'a regardée m'entraîner debout dans la coursive, puis il est venu me voir et il m'a dit que du moment qu'un court était disponible, je pouvais l'occuper, peu importait l'heure.

Papa et Maqsud discutèrent de Durham et Cleveland, ensuite Papa vint m'en parler. Il m'informa que la mère de Ged avait accepté que Ged participe à la compétition. Il me dit aussi que le tournoi me ferait du bien mais qu'il y avait des frais d'inscription, et la famille allait devoir mettre au pot pour couvrir l'essence et l'hébergement si l'un de nous passait le premier tour. Je ne savais pas si cela signifiait qu'il m'avait donné son feu vert.

— On n'a pas l'argent ? ai-je demandé.

— Il n'en faut pas tant que ça, répondit Papa.

J'ai regardé ses mains tourner le volant. J'avais la sensation qu'il attendait que je parle.

Il me jeta un regard puis il se reconcentra sur la route.

— À toi de décider.

J'ai essayé de déchiffrer son expression.

— Je veux y aller.

Papa sourit.

— C'est bien ce que je pensais.

Lorsque je me retrouvais seule à Western Lane, il m'arrivait de ne rien faire à part taper des parallèles dans le fond du court. J'étais heureuse, peu importe l'exercice pratiqué. Comme j'étais déjà en pleine maîtrise de mon coup droit, je me suis concentrée sur mon revers. Au début j'ai dû prendre garde à mon placement par rapport à la balle mais il m'a suffi de quelques jours pour acquérir des automatismes. Alors le doute m'envahit. J'ignorais combien de temps je pouvais m'appuyer sur ce que j'avais appris par moi-même et, franchement, si j'avais appris quoi que ce soit d'utile.

Papa me rejoignait souvent tard dans la matinée, il restait à mes côtés une grande partie de la journée. S'il avait un dépannage de prévu, il me donnait des exercices à faire en solo et revenait dès que possible. Il se postait souvent sur le balcon et je l'entendais discuter avec la mère de Ged lorsqu'elle quittait le bar et venait lui dire bonjour.

Papa traça dans son carnet une colonne réservée à Ged. Le soir les entraînements se déroulaient sous sa houlette. Lors des matchs que nous disputions, il partageait une cigarette en compagnie de la mère de Ged sous la veilleuse de sécurité derrière la porte qui ouvrait sur le parking. Nous continuions à taper dans la balle quand ils allaient dehors. Si mes yeux dérivaient vers la porte, Ged s'arrêtait et me regardait. « Prête ? » demandait-il à voix basse, comme s'il me ramenait vers l'instant présent, et nous reprenions le fil de la rencontre.

Quatre

L'Australien Geoff Hunter était persuadé que les joueurs pakistanais qu'il affrontait sur le court le chassaient en meute. Durant les tournois ces joueurs tenaient conseil et, au lieu d'échafauder une stratégie qui les mènerait à la victoire, ils discutaient de la façon dont ils allaient s'y prendre pour battre Hunt, parce qu'une fois Hunt battu, il était certain que l'un d'eux rapporterait le trophée à la maison.

J'imaginais Hiddy Jahan, Gogi Alauddin, Qamar Zaman et Mohibullah Khan, tous en manteau d'hiver, debout autour d'une table dans une chambre d'hôtel mal éclairée à une heure tardive, lancés dans un débat solennel et viril portant sur le plan d'action adopté par chacun de ces joueurs pour battre un seul homme. J'imaginais une cheminée, des flammes qui vacillaient, des ombres qui s'étiraient sur les murs et une réunion qui s'éternisait, les flammes s'allongeant et les hommes parlant d'une voix plus grave.

Après l'arrivée de Maqsud dans notre vie, nous nous retrouvions souvent à quatre sur le court, Maqsud, Papa, Ged et moi, nous examinions ensemble notre planning d'entraînement en prévision du tournoi à Durham et je repensais à ces tables rondes hivernales que je m'étais imaginées. Papa portait son costume tandis que Maqsud, Ged et moi, nous étions en tenue de sport, raquettes et sacs à nos pieds. Nous débattions de nos forces et de nos faiblesses, de la façon dont il fallait les utiliser ou les surmonter. Je savais me déplacer sur le court, cela m'arrivait de frapper des coups agressifs qui confinaient au sublime, mais mon talon d'Achille, c'était la régularité. Ged, lui, avait une bonne lecture du jeu. Sa position, la position de son adversaire, le placement de la balle, cela n'avait aucun secret pour lui. Il était dans l'attaque mais parfois, quand il avait fait ce qu'il fallait, quand la victoire se trouvait à sa portée, le mental ne suivait pas. Durant nos causeries, Papa et Maqsud nous écoutaient, Ged et moi, avec la même attention qu'ils s'accordaient mutuellement. À l'occasion Maqsud glissait une anecdote dans la conversation. L'un de ses sujets de prédilection était Gogi Alauddin. Gogi avait grandi dans la pauvreté. Deux hommes d'affaires l'avaient vu jouer quand il était petit, ils l'avaient aidé en lui procurant du lait et des raquettes.

La motivation de Gogi décupla. Il vivait à Lahore, où les joueurs de squash étaient rares, et cela lui arrivait d'affronter deux adversaires en même temps afin de relever le niveau. Gogi n'avait jamais atteint la première marche mais il fait partie des grands de ce sport, d'après Maqsud.

Mona et Khush se mirent à me surveiller. Elles sentaient qu'il se tramait quelque chose à Western Lane, et elles en étaient exclues. Je savais que Mona finirait par me dire le fond de ses pensées, et j'avais raison. Elle affirma que Papa m'autorisait à affronter Ged sur le terrain parce que personne n'en saurait jamais rien. Personne dans notre famille, laissait-elle entendre, personne à l'école de gujarati, personne parmi les gens à qui Papa rendait visite.

Personne, ajouta-t-elle, ne saurait que je pratiquais un sport avec un garçon, un petit Blanc bon teint. Personne ne saurait que nous nous tournions autour, en sueur, et que nous essuyions nos paumes sur le même pan de mur crasseux, lui d'abord, moi ensuite.

— Papa n'a rien autorisé, ai-je rétorqué. Il a tout organisé. Et il en a parlé à Bala.

Nous nous trouvions toutes les trois dans le fortin derrière la maison. Nous avions apporté nos raquettes de tennis mais nous avions perdu la balle et nous nous étions assises par terre, le temps de décider de la suite.

— Il n'en a pas parlé à Bala, rectifia Mona.

Elle n'arrêtait pas de faire rebondir le bord de sa raquette sur le sol en béton.

— Bala ne compte pas, ajouta-t-elle au bout d'un moment.

J'ai regardé Khush et j'ai dit :

— Des fois Papa discute avec la mère de Ged.

Je ne m'adressais pas à Mona, mais elle s'est levée et elle a quitté le fortin. Khush et moi, nous l'avons suivie un instant du regard, puis nous avons ramassé manteaux et raquettes et nous lui avons emboîté le pas.

— Mais non, dit Mona au moment où nous l'avons rattrapée.

— Mais si.

Mes sœurs savaient déjà que Papa fumait dehors avec la mère de Ged, et je me suis sentie gênée d'en parler, parce que cela relevait de la sphère privée. Cela ne nous concernait pas.

Mona murmura quelques mots au sujet de tante Ranjan.

Jinal, la fille du cours de gujarati, nous avait transmis un message de sa mère. Cette dernière nous invitait tous à dîner. Jinal s'était acquittée de sa mission à contrecœur, nous l'avions écoutée à contrecœur également. Mona avait répondu que nous devions d'abord consulter Papa mais, lorsqu'elle lui en avait parlé, elle avait conclu par : « On a déjà refusé. » Papa avait voulu savoir si nous avions dit merci, Mona l'avait rassuré sur ce point et Papa avait considéré que le sujet était clos. Cette histoire d'invitation était arrivée aux oreilles de tante Ranjan via la professeur de kathak de Jinal, qui était amie avec sa mère. Elle avait téléphoné, Mona avait décroché car Papa n'était pas à la maison et tante Ranjan lui avait demandé ce qui se passait. « Il ne se passe rien, tata. Papa a dit qu'on ne pouvait pas y aller. » Tante Ranjan avait dû juger son explication recevable parce qu'elle avait passé le téléphone à oncle Pavan. Nous nous demandions à présent ce que tante Ranjan penserait de Papa qui fumait avec la mère de Ged.

— Ce n'est rien, déclara Mona. C'est juste deux personnes qui discutent.

Mais Papa avait une façon de parler à la mère de Ged. Il lui donnait son opinion, il lui demandait la sienne. Jamais nous ne l'avions entendu s'adresser à Maman sur ce ton, ni à nos tatas, ni à aucune des femmes de notre entourage.

Le début de cet été-là ne fut guère différent des autres étés de nos souvenirs, le soleil brillait et le ciel était d'azur. À Western Lane, lorsque Papa finissait sa cigarette dehors et rentrait avec la mère de Ged, cela ne nous aurait pas étonnées qu'il rapporte du sable ou de l'eau de mer dans la coursive. La mère de Ged portait des sandales jaunes, elle se mettait du vernis rose sur les orteils. C'était quelqu'un de sympathique. Elle ne manquait jamais de nous saluer et elle se souvenait d'une fois sur l'autre de ce que nous lui disions. L'ambiance était meilleure quand je venais sans mes sœurs, autrement elle était plombée par l'évidente désapprobation de Mona.

Comme elle ne pouvait pas mettre sur le tapis le sujet qui fâchait, la mère de Ged, ma sœur abordait celui des cigarettes et, à demi-mot, celui de l'argent. Papa fumait des Camel, qu'il achetait un paquet à la fois.

— Tu sais combien ça fait de paquets, Papa ? disait-elle.

Papa levait un instant les yeux de son journal.

— Tu vas me l'apprendre.

Et Mona, qui brûlait d'envie de s'écrier qu'il en était à quatre par semaine, passait à autre chose. Des échanges abrégés de ce type, il y en a eu cet été-là quasi quotidiennement dans notre cuisine.

Mona planifiait méticuleusement les repas de la semaine mais Papa travaillait moins, il prétendait qu'il était débordé ou il posait simplement un lapin à ses clients, et les fins de mois étaient difficiles. Même si nous n'avions pas faim, je ne mangeais pas assez pour tenir sur le court. J'ai commencé à avoir la nausée pendant les pointes de vitesse à l'échauffement. Au moindre effort, mes muscles fatiguaient.

Un jour, j'ai joué malgré une entorse à la cheville droite. Papa ne le remarqua que le lendemain matin parce que je ne m'étais pas arrêtée après le choc initial et qu'il était sorti fumer. Ged, lui, s'en rendit compte. J'ai fait mine de rien, lui aussi, mais il dirigea la balle vers ma raquette de façon que je coure le moins possible et que je ne retombe pas lourdement sur mon revers. Il mettait un temps fou à servir, il ajustait son cordage entre les échanges. Cela produisit un bourdonnement sous mon crâne, cette façon qu'il avait de vérifier mon placement, de déposer la balle avec légèreté.

À la maison, j'ai attendu que les autres dorment pour descendre me préparer un cataplasme au curcuma que j'ai étalé sur la zone endolorie. Je l'ai recouvert d'une vieille chaussette de sport que j'ai enlevée dans la baignoire le lendemain matin. La chaussette était jaune à l'intérieur, pleine de grumeaux secs et friables qui s'étaient détachés de ma peau. Le pied n'était pas très enflé mais j'avais mal lorsque je portais mon poids dessus, par conséquent je boitais un peu. Lorsque Papa me vit clopiner il me força à m'asseoir la jambe relevée sur une chaise et il alla chercher au congélateur des petits pois dont il se servit pour me glacer la cheville. Il fit bouillir de l'eau, puis il s'assit à côté de moi et il me dit que j'aurais dû lui en parler. Au bout de vingt minutes, il remit les petits pois au congélateur et nous avons attendu qu'ils deviennent aussi durs que de la glace. Mona nous signala que la chaîne du froid avait été rompue et qu'ils étaient devenus immangeables. Elle écrivit « Pied » sur une étiquette blanche qu'elle colla sur le sachet, par précaution. Deux ou trois jours plus tard j'étais de retour sur le court.

Je me suis tordu la cheville à un autre moment et, la seconde fois, la douleur s'installa tout de suite et j'ai mis longtemps à me rétablir. Cela faisait une heure que nous étions sur le court, Papa et moi, lorsque cela se produisit. Je fonctionnais au ralenti et je ne voyais pas la balle. Papa savait que j'étais à plat mais parfois, me dit-il, il faut savoir jouer malgré la fatigue. Il m'exhorta à garder les yeux sur la balle. Peine perdue. Je devais pivoter à toute vitesse puis courir ventre à terre et, au bout du compte, ma cheville a lâché. La douleur me tomba dessus comme un choc glacial à l'intérieur du crâne. D'un coup tout est devenu noir et je me suis retrouvée par terre. Je me souviens que Papa m'a aidée à quitter le court, même si je me sentais capable de marcher. Il portait un pantalon et un t-shirt blancs, la tenue qu'il mettait à l'entraînement, et je me rappelle avoir pensé que je l'avais terriblement déçu, et qu'il était tellement élégant, et je me rappelle aussi m'être appuyée de tout mon poids sur son bras.

Papa me donna des antalgiques et, cette fois-ci, ce fut lui qui se chargea du cataplasme au curcuma. Il m'enveloppa la cheville, me prescrivit du repos et de la glace. Debout près de l'évier Mona nous regardait, les bras croisés, et lorsque Papa monta prendre un bain elle remplit d'eau chaude une cuvette en plastique qu'elle posa par terre devant moi. Quelques gouttes tombèrent à côté, mouillant mon cataplasme.

— Papa va s'en occuper.

— Papa est fatigué.

Elle me lava le pied, retirant les résidus de curcuma, et prépara un nouveau cataplasme qu'elle appliqua proprement, pile sur la zone enflée. Elle avait des gestes très doux. Elle affichait cette expression concentrée que prenait Maman quand elle tamisait de la farine ou qu'elle désinfectait une coupure. Je l'ai remerciée, elle a hoché la tête. Puis elle a jeté un coup d'œil furtif à son reflet dans la vitre de la porte derrière moi.

Papa descendit. Lorsqu'il vit ce que Mona venait de faire il lui lança un regard et il alla s'asseoir à la table pour y écrire ses lettres.

Parfois j'avais mal même la jambe relevée, une douleur sourde qui s'estompait quand je tournais le pied dans un sens ou dans l'autre. J'ai dû attendre que ma cheville désenfle avant de pouvoir remettre mes baskets et retourner en classe. J'ai dit à Papa que je pouvais marcher, mais il nous y emmenait en voiture. Il travaillait une partie de la journée pendant que nous étions en classe, et personne n'allait au complexe sportif.

Au bout de trois semaines je me suis mise à rêver de Western Lane. J'ai vu les murs blancs, les fleurs dehors. La nuit je quittais mon lit et je m'approchais des fenêtres où les rideaux laissaient filtrer un peu de lumière. Je m'asseyais par terre avec ma raquette et je m'adossais au radiateur. Le chauffage n'était plus allumé, il n'en émanait aucun bruit. D'une main maladroite je fixais un nouveau grip sur le manche de ma raquette, puis je le retirais et je recommençais. Parfois je répétais mes exercices debout sur un pied dans la pénombre, m'abaissant prudemment avant de déplier mon corps. Je faisais la sourde oreille quand Mona me disait de regagner mon lit, elle finissait par s'allonger sur le flanc et par me regarder.

Au cours de ces semaines passées loin de Western Lane, Papa allait se coucher de bonne heure et ne sortait de sa chambre qu'après notre départ pour l'école le matin, il était harassé de fatigue. Il travaillait toujours, à ce qu'il semblait, mais il laissa à Mona les rênes de la maison. Il se contenta de rédiger le chèque d'inscription au tournoi mais, même pour cela, Mona dut mettre l'adresse sur l'enveloppe et la confier à la poste.

Mona restait assise à la coiffeuse des heures durant. Elle cultivait une expression placide qui la vieillissait. Le jour où nous avons fini par retourner à Western Lane, elle donna l'impression de s'investir dans une relation nouvelle avec le reste de sa famille. Elle assumait toutes les tâches ménagères, mais elle réclamait l'opinion de Papa et elle écoutait ce qu'il avait à lui dire. Elle gonflait ma ration de dal et de riz et elle se privait. Elle s'inquiétait de savoir si j'avais retiré ma tenue imbibée de sueur à la fin de l'entraînement, elle interrogeait Khush sur ses devoirs. Elle était pleine d'égards envers nous, et même de gentillesse. On sentait parfois la tension qui l'habitait, le fardeau mental et physique d'avoir endossé un rôle qui n'était pas le sien.

Nous nous trouvions tous à Western Lane le jour où le neveu de Maqsud a débarqué. Shaan avait seize ans. Il était beau garçon. Maqsud nous informa que son neveu était venu passer l'après-midi au complexe sportif, qu'il vivait à Coventry avec ses grands-parents et qu'il allait s'inscrire au tournoi à nos côtés. Pendant la séance d'entraînement, Shaan resta debout dans la coursive en compagnie de Maqsud, discutant du match qui se tenait sur le court voisin. Difficile de ne pas voir que Maqsud était suspendu aux lèvres de son neveu.

Au bout de vingt minutes j'ai remarqué que Shaan jetait des coups d'œil dans notre direction. Cela n'avait pas non plus échappé à Mona. Soudain on aurait cru une tout autre joueuse. Elle brandit sa raquette, accéléra la cadence. Elle frappait vraiment bien. J'ai d'abord pensé qu'elle était en colère, mais non. Je l'ai observée, captivée par la transformation qui s'était opérée en elle et, à un moment, au beau milieu d'un exercice, elle nous tourna le dos, abaissa le bras qui tenait la raquette et marcha vers le fond du court. Là, elle ouvrit calmement la porte et quitta le terrain pour aller se planter près de Papa et lui parler à voix basse. Khush et moi, nous nous sommes retournées et nous l'avons fixée des yeux tandis qu'elle gardait les siens braqués sur le mur derrière nous et resserrait sa queue-de-cheval avec des gestes saccadés. Elle avait le regard vif, le visage rouge.

Tout le long du trajet Mona n'eut qu'un sujet à la bouche, Durham et Cleveland.

Elle continua le lendemain, et le surlendemain. Nous avions encore des mois devant nous mais, très vite, nous avons pris l'habitude de discuter en long, en large et en travers de l'organisation et de la logistique. Maqsud allait nous y emmener en voiture, Papa, Ged et moi, et récupérer son neveu en route. Si l'un de nous accédait au tour suivant, nous serions hébergés par le cousin de Maqsud qui avait un restaurant à Newcastle. Une solution qui nous éviterait des frais d'hôtel. Mona se préoccupait de la nourriture, elle voulait savoir si nous aurions à manger chez le cousin de Maqsud ou s'il faudrait prévoir des provisions, de quoi tenir deux jours.

À Western Lane, Mona tapait un peu dans la balle mais, le plus souvent, elle allait bavarder avec Maqsud. À l'issue de l'un de ces tête-à-tête, elle nous annonça qu'elle et Khush seraient des nôtres à Durham et Cleveland. Elles ne s'inscriraient pas au tournoi. Elles viendraient me soutenir. À l'en croire, Maqsud avait trouvé l'idée excellente. Très bien, répondit Papa, avant d'augmenter le volume de la radio.

Mona le regarda et la vérité se fit lentement jour en elle, Papa était déjà au courant, peut-être même avait-il tout manigancé.

Elle se dirigea vers l'évier. Là, elle tourna le robinet et laissa couler l'eau chaude jusqu'à ce que de la vapeur s'élève, et elle s'attaqua à la vaisselle. Soudain, elle s'immobilisa, pivota sur ses talons et déclara :

— J'ai trouvé un travail.

Papa éteignit le poste.

Mona se sécha méticuleusement les mains, s'assit face à lui et lui apprit qu'elle avait été embauchée dans l'un des salons de coiffure situés sur Leagrave Road. Ses tâches se limiteraient à laver les cheveux, passer le balai, nettoyer la vitrine, en fonction des besoins. Sous le regard de Papa, elle baissa les yeux et expliqua qu'il fallait qu'elle se trouve une occupation. Sans préciser le montant de son salaire, sans parler une seule seconde d'argent. Il y eut un silence que Papa brisa en disant qu'il irait s'entretenir avec le gérant du salon. Mona lui lança un regard interloqué. Elle voulut connaître ses raisons, il répondit qu'il tenait à savoir pour qui elle allait travailler. Quelque chose là-dedans plut à Mona, je crois. Elle lui fit promettre d'appeler le lendemain, de ne rien dire qui la mettrait mal à l'aise. Papa tint parole et le coup de fil dut être concluant parce qu'à partir de ce jour, le jeudi soir et le samedi matin, Mona laissait une liste de corvées à Khush et partait travailler.

Au salon deux employées se faisaient souvent porter pâle et, de temps en temps, Mona se chargeait de la caisse. Elle aborda avec son patron le sujet des finances. Le gérant se rendit compte qu'elle était honnête, qu'elle s'en sortait bien avec les chiffres, et il lui confia sa comptabilité avant de la recommander aux propriétaires de l'animalerie qui s'étalait sur trois niveaux et à la jardinerie situées sur le trottoir d'en face. Il ne fallut pas longtemps avant que Mona rapporte à la maison de la paperasse qui l'occupait le soir.

Un jour, elle voulut mettre son grain de sel dans mes séances d'entraînement.

— J'ai lu qu'elle devait éviter de porter des charges lourdes juste avant la compétition, dit-elle à Papa.

Cette semaine-là, elle avait mal à la tête et elle était mal lunée. Papa se contenta de la dévisager, parce que je ne soulevais aucune charge.

Elle le dévisagea en retour, puis elle ajouta d'un ton désinvolte que ce serait peut-être une bonne idée de m'acheter une nouvelle raquette.

J'ai braqué les yeux sur elle et sur le verre de chaas que j'avais devant moi. Papa, qui mélangeait du dal à son riz, me jeta un regard.

— Tu veux une nouvelle raquette ? s'enquit-il.

Mon attention happée par le verre, j'ai visualisé la raquette de Maqsud, une Dunlop blanche, équipée d'une grande tête en forme de larme. Papa laissa sa cuillère de riz en suspens et je me suis entendue répondre :

— Oui.

J'ai retenu ma respiration. Mona lâcha un petit bruit, on aurait dit qu'elle encourageait Papa à réagir.

— Très bien, fit Papa.

Mona attendit, mais il n'y eut rien d'autre.

Elle annonça qu'elle paierait la raquette de sa poche.

— Il va falloir se dépêcher. Elle doit s'y habituer avant le tournoi.

Papa finit son riz, mit son assiette dans l'évier et se rendit au salon.

Mona le suivit du regard, puis elle se tourna vers moi.

— J'aimerais trop une raquette, ai-je répété.

Au cours de l'hiver, j'avais eu avec Papa une longue conversation sur les raquettes utilisées par les gars de Vauxhall, pour certaines en bois, en aluminium et en fibre de verre pour la grande majorité. Nous avions pesé les avantages et les inconvénients de chaque modèle et Papa avait fini par fermer son carnet et dire que Jahangir Khan jouait avec des raquettes en bois, comme nous. Sauf que moi, depuis notre toute première discussion avec Maqsud, je rêvais d'une

Dunlop identique à la sienne. Gorge ouverte, c'était le terme technique qui désignait cette forme.

J'ai pris le train avec mes sœurs, destination Londres.

Papa était d'avis que l'argent de Mona serait mieux dépensé dans une raquette que dans un billet pour lui. Il nous déposa à la gare avant de partir travailler.

Il ne m'offrit aucun conseil au préalable, je ne lui ai rien demandé. J'ai consulté Maqsud. Maqsud m'expliqua que je saurais quelle raquette était faite pour moi une fois que je l'aurais en main.

Maqsud indiqua également une adresse à Mona. Le magasin se trouvait dans une rue secondaire au trottoir encombré de sacs-poubelles. De l'extérieur l'endroit ne faisait pas grande impression. En revanche, une fois la porte passée, il ne ressemblait à rien de connu. L'éclairage était cru, les murs recouverts de raquettes. Des raquettes de tennis pour la plupart, mais un mur entier était consacré au squash. On comptait bien un millier de raquettes de squash.

Mona indiqua son budget au responsable du magasin, qui réfléchit un petit moment. Il revint avec cinq raquettes, dont aucune n'était en bois. Si je lui en demande une en bois il va m'en rapporter, ai-je pensé. J'ai pris dans ma main, un par un, les modèles qu'il avait choisis.

— Tu peux les essayer, me dit le vendeur. Va dehors si tu veux. Taper la balle contre le mur.

— C'est bon comme ça, ai-je répondu.

Il y avait une raquette en particulier.

Revêtue d'argent. Pas la même que celle de Maqsud mais en forme de larme, et Maqsud avait raison. J'ai su à la seconde où je l'ai soupesée.

— Pour le prix, c'est un très bon choix.

Lorsque le vendeur me tendit le sac qui contenait ma nouvelle raquette, je suis restée les bras ballants tellement j'étais heureuse. Il donna un instant l'impression de vouloir dire quelque chose, mais il se racla la gorge et il retourna à sa caisse.

Dehors, Mona proposa :

— Si on allait s'acheter un milk-shake.

Nous nous sommes installées sur un banc au soleil à la lisière d'un parc, j'avais la raquette argentée calée entre les genoux.

Les milk-shakes, généreux, ne lésinaient pas sur la crème glacée. Ils passèrent de main en main, ce qui nous permit d'essayer chaque goût.

— C'est super, lança Khush.

Super, je n'aurais pas dit mieux. Le ciel était bleu, le parc entouré de bâtiments blancs tout en hauteur, et nous sommes restées assises là au soleil, à faire circuler les milk-shakes.

Comme Mona avait gardé un peu d'argent, nous nous sommes rendues dans un grand magasin et les vendeuses du rayon beauté réussirent à convaincre Khush de se faire maquiller les yeux. Elle s'assit sur un tabouret et nous avons profité du spectacle. La vendeuse réserva ensuite le même traitement à Mona, qui était mignonne maquillée, mais pas autant que Khush. Mes sœurs s'achetèrent des rouges à lèvres. Pour ma part je ne voulais rien. Mona m'avait déjà payé ma raquette. Cela ne l'empêcha pas de me choisir une couleur et de la tester sur mes lèvres, Khush jugea que cela m'allait bien et qu'il fallait la prendre. Les gens nous lançaient des regards, à Khush surtout, juchée sur le bord du tabouret avec son legging gris, son sweat et ses yeux si jolis qu'ils donnaient envie de pleurer.

Nous sommes rentrées, surexcitées. Je me suis assise sur le perron avec ma raquette. Khush revint sur ses pas et elle se posa à côté de moi.

— Ça va ? demanda-t-elle.

J'ai hoché la tête. Nous avons regardé le ciel s'assombrir lentement, la lumière du jour céder la place aux étoiles. Si Quatrième Avenue débarquait à cet instant, ai-je songé, en contournant les garages, cela n'aurait aucune importance, nous resterions toujours assises là, les yeux levés vers le ciel, parce qu'il ne pouvait rien nous faire.

Papa avait préparé du riz et du dal. Le parfum de l'amidon et des épices nous parvenait sur le seuil. Nous nous sommes rappelé que nous avions faim. Dans la cuisine, la radio était allumée et Papa se chargea du service. Il nous passa les assiettes et il nous posa des questions sur la journée qui venait de s'écouler. J'ai mangé en gardant la raquette appuyée contre ma jambe, toujours dans son sac. Papa évitait de nous regarder. Il ne fit aucune allusion au maquillage et ce n'est qu'à la fin du dîner, tandis que Mona débarrassait la table et s'activait avec Khush, qu'il aborda le sujet de la raquette. Je l'ai sortie du sac, j'ai tiré sur la fermeture éclair et j'ai enlevé la housse avant de lui donner mon achat. Mes sœurs se figèrent en plein geste, les yeux braqués sur nous.

Tournant le tamis vers le plafond, Papa ajusta sa prise. Il fronça les sourcils, à peine, puis il l'ajusta de nouveau. La radio continuait de bourdonner et, petit à petit, nous avons compris que nous avions commis une terrible erreur en nous rendant à Londres, en dépensant l'argent de Mona.

Papa effleura du pouce le cadre argenté. Au bout d'un long moment, il reposa la raquette entre nous sur la table.

— Elle est très bien. Du beau travail.

Ce furent les paroles qui sortirent de sa bouche mais ses yeux et son corps – les épaules, la gorge, le squelette blanc qui se devinait sous la peau – nous disaient, eux, qu'en l'espace d'une journée nous l'avions mis à nu, nous l'avions abandonné, nous l'avions rendu vulnérable à ce qui se profilait à l'horizon.

Il quitta sa chaise et posa une main sur l'épaule de Mona avant de gagner l'étage.

Nous avons éteint la radio, fini de nettoyer la cuisine. Ensuite nous nous sommes postées près de la porte de la cuisine, le regard projeté dans le couloir sombre.

— Qu'est-ce qu'on va faire ? ai-je chuchoté.

Khush alla chercher ma raquette sur la table et me la rendit.

— Rien. On va monter se coucher.

Cinq

En 1983, l'Égyptien Gamal Awad, surnommé la Sauterelle, sortit vaincu d'un match qui l'opposait à Jahangir Khan et qui allait devenir le match le plus long de l'histoire du squash. Deux heures et quarante-six minutes de combat à l'intérieur d'un court en plexiglas sur la scène du théâtre de Chichester. Gamal Awad était connu pour sa vitesse et son côté acrobate. Il enchaîna les plongeons et les replacements d'une façon qui tenait du prodige aux yeux du public. À un moment il tenta de ralentir le jeu et Jahangir se cala sur son rythme. Chacun paria sur les erreurs de l'autre, des erreurs qui ne se produisirent jamais, et le match sombra dans l'ennui. Gamal Awad s'était fixé pour objectif de mettre l'endurance de son adversaire à l'épreuve, Jahangir Khan de s'assurer que le monde entier comprendrait qu'il était imbattable même dans les matches à rallonge. Jahangir acheva la rencontre fatigué, son rival au bout du rouleau. D'après la légende, la Sauterelle sortit de cette expérience ébranlé. En 1987, il jeta sa raquette sur un arbitre, ce qui lui valut une interdiction de reparaître sur les courts et, peu après, il prit sa retraite sportive.

Installées à l'arrière de sa Peugeot poussiéreuse, où régnait une chaleur infernale, nous nous laissions envoûter par les histoires de Maqsud. Toutes les vitres étaient baissées. Maqsud parlait sans crier, mais nous avions l'impression que sa voix nous enveloppait. Il avait retiré le plateau au-dessus du coffre pour nous permettre, à Khush et à moi, de nous asseoir dedans les jambes tendues. Ged, sa mère, Mona et Shaan, le neveu, occupaient la banquette arrière et Papa avait pris place sur le siège passager. Nous étions en route pour la fête foraine de Leicester.

L'idée venait de Shaan mais c'était Mona qui avait réussi à amadouer Papa.

— Il faut qu'on s'occupe, lui avait-elle dit. Il faut qu'on ait envie de quelque chose.

Papa avait posé son stylo sur la table et répondu en se frottant l'épaule :

— Allez-y. Mais c'est cher.

— C'est gratuit.

— Sur place ça va coûter cher.

— Il faut que tu viennes. Sinon ça n'a aucun intérêt.

Elle s'était détournée de lui, s'était dirigée vers la gazinière et avait entrepris de mélanger du sucre dans le lait qu'elle avait mis à réchauffer.

— Ged sera là, avait-elle murmuré, et sa mère aussi.

Papa n'avait pas donné son accord, il n'avait pas émis d'autres objections non plus.

Nous avions quitté l'autoroute à Coventry et nous nous étions arrêtés chez un marchand de journaux pour récupérer Shaan, qui sortit de l'échoppe à l'instant où nous nous sommes garés, se serra contre Mona, mit son sac à dos sur ses genoux et fit circuler des bonbons que lui avait envoyés sa grand-mère, du lait concentré marié à du sucre et à de la pistache.

— Génial, lança-t-il à la cantonade.

Il sentait fort le savon. Il n'avait pas encore mué, pas totalement, mais le jour viendrait où il aurait la même voix que Maqsud. Il portait une chemise blanche toute simple, semblable à une chemise de travail, qu'il rendait presque belle.

Khush m'assena un petit coup de pied. Mona avait la nuque et les bras marbrés de rose et, penchée vers l'avant, elle parlait tout bas à Maqsud, comme si elle tenait beaucoup à faire la conversation avec lui.

— Peut-être que ce n'est pas à cause de Jahangir que la Sauterelle a jeté cette raquette sur l'arbitre. Ça s'est passé des années plus tard, non ? Peut-être que c'était dans sa nature depuis le début.

Elle parlait d'une voix aiguë, légèrement haletante.

— Peut-être, répondit Maqsud. On ne sait pas.

Personnellement je trouvais que la malchance s'était abattue sur cet homme au jeu miraculeux, pour reprendre le terme de Maqsud, le jour où il était entré dans l'histoire du sport à cause d'un mauvais geste.

— Mais Gamal Awad ne se résume pas à ça, chuchota Maqsud.

Mona se retourna à moitié pour nous passer les bonbons, évitant de croiser notre regard. Son bras frôla la belle chemise blanche de Shaan.

Au fond, la fête foraine était d'une tristesse sans nom. On ne pouvait pas s'entendre penser. Tout était aveuglant, démesuré. On marchait sur une couche de sciure qui cachait la terre en dessous. De l'autre côté du Rotor un grillage enserrait un lopin d'herbe boueuse qui accueillait quelques bottes de paille et le cheval le plus malheureux de la Terre. Un alezan harcelé par les mouches, aux chaussettes blanches et aux naseaux rasant le sol, le cou ployant sous le poids de sa tête. Malheureux, mais pas seulement : il dégageait une aura malveillante sur laquelle il n'avait aucun pouvoir. Lorsque je lui ai chuchoté Bonjour cheval, il pivota lentement sur lui-même.

Nous étions venus à huit. D'un commun accord nous avons décidé de nous séparer en nous donnant rendez-vous à dix-neuf heures devant la grande roue, mais avant de nous disperser nous sommes restés un long moment ensemble, bavardant avec enthousiasme, montrant du doigt les stands aux rayures roses et blanches, le chamboule-tout, le tir aux canards, respirant cet air qui sentait le sucre caramélisé et le cramé. Maqsud et Shaan revinrent d'on ne sait où, personne ne s'étant rendu compte qu'ils nous avaient faussé compagnie, chacun chargé de quatre cônes de glace italienne à la vanille.

Les enfants formèrent un groupe, les adultes un autre, Mona et Shaan s'éclipsèrent et il ne resta plus que moi, Khush et Ged, conscients de notre éparpillement à travers la fête foraine, et lorsqu'un groupe apercevait l'autre les visages s'illuminaient et nous nous attardions pour décrire ce que nous avions vu. Sur les manèges les garçons lançaient des jurons, braillaient et se suspendaient dans le vide, cramponnés au bord d'une auto ou d'un avion bariolé qui se balançait dans les airs. Parfois nous tombions sur des numéros de cirque gratuits, ici des enfants vêtus de jaune qui tricotaient et détricotaient une pyramide humaine, là un jongleur mi-lugubre mi-joyeux perché sur un monocycle, là encore un magnifique couple de funambules.

À proximité des toilettes, notre petit trio regarda Mona et Shaan verser du whisky dans deux bouteilles de Coca et, un peu plus tard, Mona nous acheta des

Coca, et aussi des panachés pour Papa, pour la mère de Ged et pour Maqsud, en emmenant Papa avec elle pour faire croire à tout le monde qu'il avait payé avec son propre argent.

Quand nous sommes montés à cinq, Shaan, Ged, mes sœurs et moi, à bord d'un wagonnet du Twister, le soleil était presque à l'aplomb et nous arrivions à peine à tenir sur les sièges, tellement le métal brûlait. Impossible de supporter ce contact. Nous avons levé les bras en l'air. Mes épaules touchaient Ged d'un côté, Khush de l'autre, et nous avons hurlé tandis que le wagonnet décollait et s'envolait presque à la verticale le long du rail avant de retomber en chute libre. Arrivés au point culminant nous avons repéré le haut du crâne de Maqsud, puis Papa et la mère de Ged qui fumaient près du chamboule-tout, et nous avons crié, crié jusqu'à ce qu'ils lèvent la tête. Nos jambes flageolaient lorsque nous avons retrouvé le plancher des vaches. Ged tendit vivement la main pour m'empêcher de tomber quand j'ai titubé. Je suis restée debout les yeux fixés au sol boueux, avec la tête qui tournait et le cœur qui battait la chamade. J'ai senti un élan puissant me relier à Ged avant de rompre, mais c'était sans importance car le lien, lui, n'était pas brisé.

Il nous fallait plus de sucre. Plus de Coca, plus de crème glacée, de la barbe à papa qui virevoltait sur les parois d'une cuve avant de se dissoudre dans nos bouches grandes ouvertes. Mona, généreuse, n'attendait pas qu'on réclame. On aurait cru qu'elle tenait à dilapider son argent, et cela nous allait très bien. Papa me laissa goûter l'un de ses panachés. J'ai descendu une grande lampée, qui souffla le froid puis le chaud au creux de mon ventre. Papa m'adressa un sourire et j'ai regardé Ged, puis le Rotor, dont la silhouette se découpait soudain nettement devant nous, tourbillonnante.

Shaan devait retrouver des amis à la fête foraine. Ses amis avaient tous seize ou dix-sept ans. Ils faisaient plus. Quelques-uns étaient venus en skateboard et parmi eux il y avait une fille. L'accès était interdit aux vélos mais personne ne leur fit de remarque par rapport aux skates. La fille avait un tout petit clou en diamant fiché dans la narine et des cheveux sombres qui lui arrivaient à la taille. En travers de sa planche de skate on lisait 7 SECONDS, écrit en noir, à la bombe. Shaan lui présenta Mona, et il aurait fallu être aveugle pour ne pas voir qu'il y avait un problème, parce qu'il n'arrêtait pas de jauger la réaction de son amie. Plus tard ils se disputèrent, ou ils en donnèrent l'impression. Ils étaient tous deux appuyés contre un mur et Shaan fumait et parlait d'un air désinvolte, comme blasé, mais c'était un genre qu'il se donnait. La fille regardait ailleurs. Son clou en diamant captait la lumière lorsqu'elle baissait la tête pour tapoter la cendre de sa cigarette. À un moment

Shaan se tut et elle se décolla du mur, ramassa son skate et rejoignit son groupe à grandes enjambées. Sans dire un mot. Shaan la suivit du regard. Il semblait triste mais la plus triste, c'était Mona. Elle était restée seule près des toilettes. Elle avait gardé les yeux braqués sur Shaan. À présent, ses paupières étaient baissées et sa bouche faisait une moue bizarre.

Khush et moi nous sommes approchées d'elle et, à trois, nous avons déambulé à travers la fête foraine. Nous sommes passées devant les stands de tir, la pyramide humaine et la grande roue. Peut-être que nous aurions préféré partir, mais nous n'avions nulle part où aller, alors nous nous sommes remises à marcher. La moue bizarre qu'affichait Mona s'effaça. Elle fourra les mains dans les poches de sa jupe. Les gens nous souriaient, les yeux brillants. De l'autre côté du Rotor, le cheval alezan derrière le grillage leva la tête pour nous regarder, puis il la redressa complètement.

Sous la pitié et le chagrin qu'éveillait en moi Mona, se tapissait cette chose invisible qui prenait naissance entre Ged et moi. À son contact, mon cœur se mettait au garde-à-vous. Assis, lui ai-je ordonné tout en cheminant, mais il refusa d'obéir. Khush ralentit le pas, prise par le spectacle qu'offrait la pyramide humaine.

Nous avons senti le corps de Mona redevenir friable.

Elle sondait le contenu de sa tête et voulait nous attirer dedans.

Elle avait les yeux dans le vide.

— Si Maman n'était pas morte, dit-elle sur un ton cafardeux, Ged et sa mère ne seraient pas là.

Puis elle tourna la tête et s'adressa uniquement à moi.

— Ils sont là seulement parce que Maman est morte. Tu comprends ?

J'ai continué à marcher à ses côtés. Elle me demanda une nouvelle fois si j'avais compris. Elle réclamait une réponse.

Une réponse qui ne vint pas de moi.

Tout d'un coup, j'ai senti une vague blanche et chaude s'abattre sur Mona et sur moi. Peut-être que ma sœur aurait pu l'éviter mais c'était trop tard, déjà Khush se jetait sur elle. Khush, si menue, plaquait Mona au sol.

Mona devait être en déséquilibre parce qu'il n'y eut de sa part aucune résistance, elle se retrouva dans la boue et s'avoua vaincue. J'ai remarqué les mouches qui bourdonnaient autour du cheval, la vigueur soudaine dans son cou alors qu'il relevait d'un coup sa tête et nous observait. Aucun détail ne m'échappa. La puissance animale de ses muscles, la démangeaison tenace dans son sabot, sa bouche qui empestait, j'ignore comment j'ai pu retenir tout cela étant donné que je me trouvais par terre aussi, avec mes sœurs. L'univers se résumait à des os, des sabots et une haleine brûlante. Le sang laissa sur ma langue un goût ardent et sucré.

Ensuite quelqu'un posa les mains sur mes épaules et me souleva.

Maqsud. Il sentait si fort la sueur que j'ai d'abord cru que l'odeur émanait de moi, ou du cheval. J'ai vu que Ged s'occupait de Khush tout en aidant Mona à se remettre sur ses pieds.

Maqsud me parlait, il me disait d'une voix pondérée que tout allait bien se passer. La main posée à plat sur le sternum de Khush pour la tenir à distance de Mona, Ged me regardait, et son visage disait la même chose : tout va bien se passer. En réalité, ils me disaient l'un et l'autre de rester là où j'étais, cela valait mieux. Ils me disaient de ne pas bouger.

Papa et la mère de Ged virent la boue sur nos jambes, et les éraflures, et le sang. La mère de Ged regarda son fils. Papa nous toucha les épaules et le cou, il vida son panaché d'un trait. Maqsud apporta d'autres boissons et soudain, inexplicablement, notre désarroi se volatilisa une fois qu'alignés contre le stand de tir aux canards nous avons regardé le soleil se coucher. Ensuite nous avons regardé la lune. On la distinguait à peine, tellement le ciel était clair. J'ai pris place à côté de Ged et j'ai répété en boucle dans ma tête « Tout va bien se passer ».

Mona arrêta de travailler. En dehors de l'école, de Western Lane et du magasin de gros les fois où Papa acceptait de nous y conduire, ou sinon de la supérette du quartier, elle n'allait plus nulle part. Le gérant du salon de coiffure téléphona, Mona lui expliqua qu'elle croulait sous les devoirs, qu'elle ne pouvait plus venir, et elle lui demanda de passer le message aux autres. Elle continuait malgré tout à assurer les tâches ménagères.

Assises dans le fortin derrière la maison, nous avons décortiqué, Khush et moi, ce qui s'était passé à la fête foraine. D'après ma sœur, Mona en pinçait pour Shaan mais elle n'avait jamais eu l'intention d'avouer ses sentiments, même avant que 7 Seconds ne débarque avec son skate. Mona ne pouvait tolérer que tante Ranjan, par exemple, passe un coup de fil à Papa pour dénoncer sa fille qui partait vadrouiller avec un Pakistanais et que la honte s'abatte sur Maman alors qu'elle n'était plus de ce monde. De son vivant, chaque fois que nous déviions de notre route, les membres de notre famille invoquaient les sentiments de Maman, comme si un rien pouvait la froisser. Ce n'était pas le cas. Et cela n'avait plus aucune espèce d'importance. Elle n'était plus parmi nous mais notre capacité à la faire souffrir semblait illimitée.

Mona avait des devoirs, en effet, Khush aussi. Elles s'entraînaient à Western Lane une heure par jour seulement et, très vite, elles ne sont plus venues que le samedi. Elles prirent cette décision de leur propre chef et Papa ne s'y opposa pas. Je ne jouais plus du tout avec elles. Une fois, Maqsud ramena la fille de son cousin au complexe sportif mais elle n'aimait pas que je frappe aussi fort, je m'en suis rendu compte trop tard et après je me suis retrouvée seule avec Papa et Ged.

Papa et moi, nous rentrions de Western Lane alors que la soirée était déjà avancée et j'avais l'impression qu'il s'était écoulé une éternité depuis la dernière fois où j'avais vu mes sœurs. J'ouvrais le réfrigérateur pour y prendre du lait ou je sortais directement dans le jardin faire du patin à roulettes dans l'allée et rejouer les matches de la semaine dans ma tête. Parfois, chaussée de mes patins, je pensais à Ged, à la façon dont il m'avait retenue à la descente du Rotor, ou à sa façon de placer la balle quand j'avais mal quelque part, et je laissais les souvenirs m'envahir, m'emmener loin du jardin. Lorsque je finissais par regagner la cuisine Papa détachait le regard de son journal et me fixait, de la surprise au fond des yeux.

— C'est Maman, m'apprendrait Khush. Tu ressembles à Maman.

Les soirs où Mona n'avait pas préparé à manger, Papa attendait mon retour et nous envoyait, Khush et moi, à la supérette. Nous revenions chargées de haricots en conserve et de mini-pizzas surgelées, et Mona se fâchait. Les rares personnes qui nous rendaient visite nous posaient beaucoup de questions sur notre alimentation au quotidien et cela mettait aussi Mona en rogne. Papa restait imperturbable. Il ne semblait pas remarquer ses sautes d'humeur.

Un soir je me suis sentie nauséeuse sur le court et Papa, qui bavardait avec la mère de Ged, descendit du balcon pour me dire que je ne devais pas rester l'estomac vide. Je n'ai pas su quoi répondre. Le lendemain, la mère de Ged se présenta chez nous. Debout sur le perron, elle expliqua qu'elle apportait un plat de lasagnes, elle avait préparé une portion supplémentaire, mais elle ne comptait pas rester.

Papa lui dit :

— Justement, Mona faisait du thé.

Elle entra.

— Ce sont des lasagnes sans viande, précisa-t-elle à l'intention de Mona.

Mona me somma de m'occuper du thé, puis elle mit son manteau et nous faussa compagnie.

La mère de Ged était dans ses petits souliers mais elle accepta l'invitation de Papa, posa le plat sur le plan de travail vide et alla s'asseoir à la table pendant que je préparais le thé. Nous étions tous convaincus que Mona n'allait pas revenir, pourtant elle nous donna tort. Elle était allée à la supérette acheter un cake qu'elle déballa, trancha et présenta au milieu de la table. Nous avons bu notre thé et mangé du gâteau, après quoi Papa et la mère de Ged sortirent dans le jardin.

Ils se trouvaient encore dehors lorsque la sonnette retentit une seconde fois.

C'était Susilaben, la mère de Jinal. Elle entra dans la cuisine, repéra les tasses et les miettes, vit Papa et la mère de Ged qui fumaient dans le jardin. Khush alla chercher Papa.

Susilaben nous adressa un sourire nerveux. Au bout d'un moment, elle demanda à Mona :

— Tu cuisines pour ton père ?

— Papa peut cuisiner, rétorqua Mona. Il est assez grand.

Susilaben cligna des yeux et balaya la pièce du regard jusqu'à ce que Papa arrive en compagnie de la mère de Ged.

— Voici Linda, déclara Papa. Susila.

Les deux femmes se saluèrent.

Susilaben entreprit ensuite de snober la mère de Ged et elle s'adressa exclusivement à Papa. Elle demanda de ses nouvelles, sur un ton plutôt craintif. Papa lui dit qu'il était en forme et lui retourna la question. Elle était en forme, elle aussi, tout bien considéré. Elle lissa les plis de son sari. Elle gardait les yeux fixés sur la table, attendant qu'on lui propose une chaise.

— On prenait le thé, l'informa Papa.

Susilaben le dévisagea, puis elle raconta d'une voix précipitée que la cérémonie de rasage de son neveu, le plus jeune, approchait à grands pas, deux des cousines avaient les oreillons et ne pouvaient y participer, et il n'y avait pas assez de filles pour remplir la fonction de goyni.

Papa resta planté là.

— C'est quand ? voulut savoir Mona.

Susilaben se tourna vers elle, la gratitude imprimée sur ses traits.

— Dans une semaine. Dimanche matin. Venez à huit heures, s'il vous plaît.

Mona répondit en gujarati. Tata, nous attendons du monde le dimanche, mentit-elle.

Papa nous interrogea du regard, d'abord Mona, puis moi. En gros Mona disait à Susilaben que nous allions avoir nos règles le samedi, donc nous ne pouvions pas être goyni le lendemain.

— Les trois en même temps ? s'étonna Susilaben, aussi en gujarati.

Mona haussa les épaules, indiquant par ce geste que cela ne dépendait pas de nous.

Comme elle ne pouvait décemment palabrer sur nos cycles menstruels dans notre propre cuisine, en présence de notre père, Susilaben dit simplement en anglais :

— Je vois.

Ensuite elle se tourna vers Papa.

— C'est tellement triste pour cette chère Charu.

Elle s'approcha de lui et serra ses deux mains dans les siennes, sans remarquer, semblait-il, qu'il était devenu blême.

— Vous savez qu'on est au centre communautaire toutes les semaines. On y est depuis le début. On comprend ce que vous traversez mais là, de l'eau a coulé sous les ponts.

Papa se détacha d'elle.

— C'est gentil de votre part de vous souvenir des filles. N'hésitez pas à repasser, dit-il, vous êtes la bienvenue.

Mona la raccompagna à la porte.

Nous avons entendu Susilaben chuchoter dans le couloir :

— Ranjan est au courant ?

Sous-entendu, au courant pour la mère de Ged.

— Au courant de quoi, tata ? demanda Mona, et Susilaben s'emmêla dans sa réponse avant de prendre la sortie.

Lorsque Mona nous rejoignit dans la cuisine, Papa et la mère de Ged se tenaient sur le seuil, le regard plongé dans le jardin, une cigarette à la main. Papa décrivait la communauté et le centre communautaire à la mère de Ged.

— C'est un de ces endroits où les gens se rassemblent en se persuadant qu'ils sont tous pareils, racontait-il. Impossible de penser par soi-même.

Mona observa Papa, qui était de dos, avant de gagner l'étage. Elle n'en descendit qu'après le départ de la mère de Ged. Nous avons rangé les lasagnes au congélateur et fait cuire du riz. Le dîner fini, Papa alla écrire à Bala et Mona remit la cuisine en ordre tout en changeant sans cesse de station sur le poste de radio. Elle entreprit de récurer du dal brûlé sur une plaque de la gazinière.

Au bout de dix minutes de ce petit manège, elle baissa le son du poste. Nous pressentions qu'elle allait s'en prendre à Papa. Je suis montée à la salle de bains. Assise sur l'abattant des toilettes, j'ai visualisé Durham et Cleveland : les arbres et la neige dehors, l'alignement infini des courts à l'intérieur. J'ai donné corps aux filles que j'allais affronter. J'avais déjà imaginé leur vie, les années consacrées à l'entraînement, tout ce qui conspirait contre moi. Aucune importance, en définitive. Ces années de saut à la corde, de ghosting et de sprints compteraient pour du beurre une fois sur le court, lorsqu'elles briseraient leur raquette contre le mur. J'avais créé de toutes pièces une de mes concurrentes, une fille de treize ans. Déscolarisée depuis le plus jeune âge, coachée par son père chez qui elle vivait. Elle sautait à la corde une heure le matin, une heure le soir. Durant les matchs, son père communiquait avec elle au moyen de signes compris d'elle seule. À Durham et Cleveland, elle volerait de victoire en victoire. Elle remporterait avec facilité tous ses matchs, puis elle me trouverait sur son chemin. On me donnerait perdante, forcément. J'entrerais sur le court, Papa m'encouragerait à faire de mon mieux et il irait se poster à côté du père de ma rivale. Au début la chance lui sourirait. Elle gagnerait chaque échange ou presque, jusqu'au moment où elle se verrait trop belle. Elle aurait cinq points, elle se projetterait déjà à neuf, et c'est là que je réduirais l'allure, que je décocherais des coups droits qui resteraient collés au mur. Elle réussirait à atteindre la balle mais, à chaque frappe, la peur de casser sa raquette la paralyserait. Elle chercherait conseil auprès de son père, lequel secouerait la tête. Elle commencerait à se parler à elle-même, à perdre le fil, et je n'aurais plus qu'à rester focus.

— On ne fait pas toujours ce qui nous plaît, disait Mona à Papa quand je suis retournée dans la cuisine. Tu veux qu'on raconte quoi à tante Ranjan quand elle appellera ?

Je me suis assise à côté de Papa. Un grand malaise régnait, Mona et Papa restaient parfaitement silencieux et s'observaient, l'un avec un stylo à la main, l'autre une éponge à récurer. Papa reposa son stylo.

— De quoi on parle ? dit-il d'une voix très douce.

Et, sans crier gare, Mona se résigna.

— Pas grave. Laisse tomber.

Papa retourna à son courrier.

Mona laissa passer quelques instants.

— Et pour demain, Papa ?

Pas de réponse. Elle murmura :

— Papa.

Papa releva la tête.

— Tu m'as entendue ?

Il réfléchit.

— Et pour demain, répéta-t-il.

Mona attendit.

— Le magasin de gros, finit-elle par lâcher. Il faut qu'on y aille demain.

— J'ai dit qu'on irait, répliqua Papa, non sans froideur, avant de reporter son attention sur la lettre.

Mona vissa sur lui des yeux luisant de larmes.

— Non, tu n'as rien dit.

Elle se trouvait à mi-chemin entre l'accusation et la supplique. Le stylo cala à la surface de la feuille de papier, une expression de douleur et d'impuissance s'afficha sur le visage de Papa et, une fois encore, l'attaque de Mona tomba à l'eau. Elle se détourna et alluma la hotte. Le bruit de l'appareil noya celui qu'elle faisait en grattant avec l'éponge, ainsi que les paroles qui auraient pu franchir les lèvres de Papa.

Tandis que nous mettions la dernière main au ménage dans la cuisine, Papa signa sa lettre, la plia et la glissa à l'intérieur d'une enveloppe qu'il déposa dans le couloir, près de la porte. Nous l'avons écouté gravir l'escalier. Mona essuyait l'évier. Khush passait le balai au hasard. J'ai dit que j'avais oublié mon sac à dos dans la voiture.

Le reste de la soirée, Mona voulut parler de Papa. Il savait que nous ne pouvions pas faire un saut en vitesse à la supérette dès qu'il nous manquait un produit parce qu'au bout d'un certain temps, cela nous reviendrait trop cher. Elle parla un bon moment du magasin de gros. Elle enchaîna sur le sujet du travail. Khush argumenta que l'été, c'était toujours plus calme, aussitôt Mona se cabra. Elle expliqua qu'il trompait les attentes de ses clients en ratant ses rendez-vous et les gens avaient beau compatir, ils ne risquaient pas d'oublier que leur éclairage ne fonctionnait plus, ou que leur réfrigérateur était tombé en panne, et le dépanneur leur avait posé un lapin. Personne n'oublierait que Papa était à Western Lane quand on avait besoin de lui.

Une journée longue et froide de la fin juillet. Papa et la mère de Ged se trouvaient sur le balcon pendant que Ged et moi, nous reprenions haleine sur le banc, juste en dessous d'eux. La mère de Ged nous avait donné une bouteille de limonade et chacun s'en était servi dans un petit gobelet en plastique. Nous venions de boucler un match et nous étions censés courir dehors avant ma séance d'exercices en compagnie de Papa, mais il était tard, nous avions faim, et nous sommes simplement restés assis sur le banc. Excellente, cette limonade. Bien froide, avec des bulles qui piquaient le nez et chatouillaient l'estomac. Papa et la mère de Ged ne pouvaient pas nous voir. Ils ne savaient pas que nous étions toujours là.

Papa commença à parler de son travail, et du fait que cela n'en finissait jamais. Il donnait l'impression de préparer le terrain, et il le préparait lentement, parce qu'il ignorait quel sujet il allait finir par aborder.

J'aurais pu quitter le banc à cet instant, faire du bruit, et Papa ne serait pas allé plus loin, mais je suis restée assise et Ged aussi. Nous avons siroté notre limonade, l'oreille tendue. Nous percevions notre propre respiration et le chatouillis glacé de la boisson.

En vérité, Papa n'était guère loquace. Il laissait passer de longues plages de silence.

Après l'une de ces pauses, Papa demanda à la mère de Ged si elle ne sentait pas, parfois, que le temps s'écoulait trop lentement. Il voulut savoir si elle était terrorisée par certaines choses, comme la fuite des heures, l'expression affichée sur le visage d'un enfant ou le fracas d'un couvercle posé sur une casserole.

Peut-être que la mère de Ged exprima son accord d'un geste.

Papa resta muet un instant, puis il ajouta :

— Les enfants. Les filles. Cela m'arrive de les regarder, et d'avoir la sensation qu'elles vont me dévorer.

Il prononça ces mots d'une voix calme. Le balcon dressé au-dessus de moi, j'ai senti qu'un son discordant allait s'abattre sur nous, un bruit qui habitait Papa depuis longtemps, mais je me trompais. La sensation qu'elles vont me dévorer.

Nous avons écouté Papa descendre l'escalier de derrière, la mère de Ged sur les talons, puis sortir. Leur silhouette se découpait derrière le carreau de la porte battante et, à leur position, nous avons deviné qu'ils s'en grillaient une. Ged tourna la tête pour étudier mon grip. Un peu plus tôt je lui avais demandé de le vérifier parce que je le trouvais en mauvais état. Il me prit la raquette des mains et entreprit de le recoller. J'ai posé mon gobelet de limonade par terre avant de me mettre debout. J'ai vu Ged jeter un coup d'œil vers la porte. La jambe relevée, j'ai tenu l'autre pied pour étirer mon quadriceps. J'étais certaine que, d'un moment à l'autre, Ged allait me rendre ma raquette et annoncer qu'il retournait travailler, mais il resta à mes côtés.

Lorsque Papa et la mère de Ged revinrent de leur pause cigarette, ils étaient radieux et ils semblaient détendus. Difficile de croire qu'à peine quelques minutes plus tôt Papa avait prononcé à voix haute la phrase sans doute la plus affligeante de sa vie, et nous l'avions entendu. La mère de Ged portait son imperméable rouge. Elle tenait ses deux gants dans une seule main.

— Elle était bonne, cette limonade ? me demanda-t-elle.

— Très bonne. Merci.

Elle avait le bout du nez écarlate. Il émanait d'elle un parfum sucré. J'ai reposé le pied par terre, parcourue de frissons. Ged quitta le banc, puis il me donna ma raquette et se rendit sur le court voisin.

Papa ouvrit la porte de notre court, je l'ai suivi. Nous avons chauffé la balle avec des coups droits sans difficulté, puis quelques volées. Une sensation étrange s'était emparée de mon corps, un flottement ; l'incertitude ressentie au sein d'un rêve où le rêveur s'est rendu coupable de quelque chose.

Papa resta debout un moment, la balle à la main.

— On joue.

Notre dernier match remontait à des mois. Je suis allée prendre ma place. Papa mit la balle en jeu par un lob haut auquel il donna de l'effet et qui rasa le mur, puis, graduellement, il m'attira dans un échange prolongé dont je sortis battue, deux fois de suite. Il ne frappait pas fort, mais il occupait le T et il me forçait à être sans cesse en mouvement. Il ne me laissait pas le temps de réfléchir. Je ne réfléchissais pas. Je ne sais pas ce qui s'est passé. J'allais relancer la balle, je préparais mon revers en tournant l'épaule, la raquette levée, quand j'ai entendu la voix de Papa très près de moi, calme et claire, et le court tout entier bascula soudain, l'air se mit à palpiter et une brume rouge prit l'espace d'assaut.

Je savais où j'étais placée par rapport à Papa lorsque j'ai donné trop d'élan à mon bras, celui qui tenait la raquette. Je me trouvais à bonne distance du coin où je comptais frapper mon revers, assez pour bien frapper, et j'avais Papa à la diagonale. Je le revois encore, planté sur le T, le corps réceptif, le visage orienté dans ma direction pour vérifier mon emplacement. Sur le moment, ce n'est pas ainsi que je l'ai vu. Je nous observais tous les deux en plongée. J'ai mis toute ma puissance dans la balle et elle percuta sa mâchoire avec un craquement si retentissant qu'on aurait pu imaginer une fraction de seconde qu'elle avait traversé l'os et était allée se fracasser contre le mur latéral.

En dehors du court j'ai répété à Papa que j'étais désolée, que ce n'était pas moi, et je l'ai répété ensuite à la mère de Ged. Ils étaient assis sur le banc. Elle était montée au bar chercher des glaçons qu'elle avait enveloppés dans un torchon au tissu fin et elle soignait ainsi sa mâchoire.

Elle tentait de me rassurer, « C'est pas grave, ma puce », mais sa voix chevrotait et elle évitait de me regarder. Elle en savait assez pour comprendre que Papa ne se trouvait pas du tout dans la trajectoire de la balle que j'avais jouée.

Ged alla chercher ma raquette, que j'avais lâchée dans mon carré de service. Il resta debout près de moi, le visage sombre. Il me la rendit sans que nos doigts ne se frôlent, mais en un sens nous revivions ce que nous avions vécu à la descente du Rotor, à ce détail près que, cette fois-ci, c'était de lui qu'émanait ce lien qui existait entre nous.

J'ai entendu Papa dire à la mère de Ged qu'il allait bien, ce à quoi elle répondit « Je sais ». Il avait le visage terriblement tuméfié, il arrivait à peine à remuer les lèvres et je me suis demandé comment il pouvait prétendre qu'il allait bien. C'était l'heure de rentrer, déclara-t-il. Nous nous sommes préparés à partir mais j'étais clouée sur place.

Ged ne m'avait pas lâchée d'une semelle.

Il me dit à voix basse :

— À demain.

— À bientôt, ai-je répondu en écho.

La mère de Ged nous lança un regard, d'abord à moi, ensuite à Ged. J'ai bien vu qu'elle voulait retourner au bar, et que Ged l'accompagne.

Papa s'en rendit compte, lui aussi.

Lui qui ne m'avait pas adressé la parole depuis l'incident sur le court, voilà qu'il déclarait, d'une voix douce, posée et méconnaissable :

— Ton revers s'est amélioré.

Puis il a enroulé un bras autour de mes épaules et nous avons quitté le complexe sportif.

Sur le fond, Papa indiquait à la mère de Ged que ce qui s'était produit devait rester entre lui et moi et, sur la forme, il m'invitait à me tranquilliser.

Dehors, le crépuscule avait envahi le ciel mais un ruban de lumière blanchâtre s'attardait au ras de l'horizon. J'ai imaginé Ged qui se tiendrait ici quelques heures plus tard, au cœur de la nuit la plus noire.

Le bras de Papa pesait lourd. Il le laissa retomber lorsque nous avons atteint la voiture. Il ouvrit le coffre afin que j'y charge mon sac à dos.

— Ne laisse pas tes émotions te dominer sur le court, assena-t-il en refermant le coffre.

L'effort qu'il dut fournir pour me parler lui arracha une grimace.

La nuit n'était pas complètement tombée quand nous sommes arrivés à la maison, on distinguait toujours le ruban de lumière. J'ai fermé la portière de mon côté et je serais allée récupérer mon sac à dos sauf que Papa restait planté là, les yeux fixés sur la maison comme si je n'existais pas, comme s'il pourrait se remettre au volant d'une seconde à l'autre et ne jamais revenir. Je l'ai appelé, j'ai attendu en vain une réponse et j'ai dit que j'allais acheter du lait. Cela ne me prendrait pas longtemps. Il ne me regardait pas mais, à tout hasard, j'ai pris la direction de la supérette et, de là, j'ai marché jusqu'à la colline derrière la maison sans prendre le raccourci. Je me suis assise au pied de la butte. Là, j'ai attendu que le ciel, la colline dans mon dos, l'arrière de notre maison, que tout soit plongé dans le noir et que tout existe sur un seul et même plan, simultanément.

À demain, ai-je chuchoté.

Six

Le ghosting, Papa y croyait, et moi aussi. Lorsque l'on simule l'effort avec sa raquette, sans la balle, en conservant la vitesse et l'intention, et qu'on le reproduit sans relâche, cela dépasse le stade de la répétition ou de l'exercice. Je me disais parfois que cela dépasse l'essence même du sport. Comme Papa nous observait, j'étais plus attentive à mon jeu de jambes. Je m'investissais totalement dans mes frappes. Je me donnais à fond avant de baisser d'un cran. Alors Papa nous exhortait à persévérer. Il nous expliquait que le ghosting avait pour but de peaufiner nos gestes techniques, mais nous devions aussi nous imaginer en contexte de match, avec la pression que cela impliquait. Imaginer que nous affrontions Jahangir. Ça a été le déclic. J'ai commencé à sentir chaque mouvement s'imprimer dans mes muscles, j'arrivais à prédire la zone et le moment précis où surviendrait la douleur. Souvent c'était cruel et difficile, à d'autres moments je trouvais mon rythme et ce rythme, je finissais par le transcender. Soudain mon corps se retrouvait en apesanteur. Les surfaces et les dimensions du court m'apparaissaient clairement et je savais quelle place j'occupais à l'intérieur tout en sentant, dans le même temps, que je n'étais nulle part.

Après l'incident sur le court, la mère de Ged lui interdit de s'entraîner avec moi.

J'ai passé une semaine à le chercher dans les coursives de Western Lane, en vain. Papa et la mère de Ged se retrouvaient pour fumer, comme à leur habitude, et lorsque je les ai vus discuter dehors, j'ai compris. Au début Papa avait gardé cette décision pour lui. Il me passait la balle et il m'accompagnait durant mes exercices puis, quelques jours plus tard, il annonça que mes sœurs allaient devoir donner de leur personne avant le tournoi. Ensuite il m'expliqua que la mère de Ged voyait d'un mauvais œil ce qui s'était passé sur le court. La discussion eut lieu dans la voiture, sur le trajet du retour. Je tenais ma raquette entre mes genoux et j'ai senti que j'allais vomir dans l'espace entre le tableau de bord et mon siège.

— Il ne va pas revenir ? ai-je demandé.

Papa dut percevoir une inflexion particulière dans ma voix, parce qu'il se rangea sur le bas-côté.

— Baisse la vitre, dit-il, et je me suis exécutée.

Il enchaîna :

— Il va revenir, mais tu ne t'entraîneras pas avec lui.

— Tu ne lui as pas dit ? me suis-je exclamée.

— Dit quoi ?

— Que ça se passerait bien avec Ged. Qu'il n'y a aucun risque, je veux dire.

— Vraiment ? souffla Papa.

Le sang accumulé sous la peau de son visage commençait à se résorber et le bleu avait viré au jaune sombre. J'étais incapable de le regarder.

Le soir, Khush me rejoignit dans mon lit et me donna l'ordre de m'asseoir. Elle entreprit de nouer et dénouer mes cheveux courts, me fit des petites tresses serrées. Ce traitement me rendit somnolente. Elle me dit d'aller me brosser les dents, à mon retour elle se remit à natter mes cheveux et je me suis endormie alors qu'elle n'en était qu'à la moitié.

À Western Lane, Papa était présent sur le court plus souvent qu'avant. J'avais l'impression qu'il me tenait à l'œil.

Un jour, j'étais en train de travailler mes volées quand j'ai ressenti un pincement à l'épaule. J'ai baissé rapidement le bras et je suis passée aux coups droits.

— Il faut que tu t'échauffes correctement, lança Papa du fond du court.

— Je me suis échauffée.

Papa s'approcha de moi et j'ai senti son haleine, étonnée qu'il ne s'aperçoive pas qu'elle empestait. Possible aussi que je confonde son haleine et la mienne.

— Qu'est-ce que tu veux ? demanda-t-il.

— Je veux jouer, ai-je rétorqué et, sans réponse de sa part, j'ai ajouté face à sa mine épuisée : Pourquoi pas un peu de ghosting.

Papa monta au balcon. Du pied j'ai poussé la balle vers le tin et j'ai attendu. Comme il ne me donnait aucune consigne, je me suis retournée.

— Tu sais quoi faire, laissa-t-il tomber depuis son perchoir.

J'ai abaissé la tête de ma raquette. Papa voulait que je me livre seule à une séance de ghosting improvisée.

Je me suis dirigée vers l'avant du court, j'ai sorti de la poche de mon sac à dos le minuteur que j'ai programmé, puis je suis allée me placer sur le T, les yeux rivés sur la ligne rouge. J'ai résisté à l'envie de me retourner pour regarder Papa. Quand votre coach vous laisse en roue libre durant les exercices de ghosting, c'est éprouvant, mentalement, de commencer, et plus encore de continuer. Papa le savait. Il savait ce qu'il faisait.

Le minuteur vrombit. La raquette brandie, j'ai commencé ma première reprise d'appuis à l'arrière du court. J'ai travaillé pendant trente secondes mon coup droit sur le côté, repris haleine dix secondes sur le T, puis accéléré. Même chose sur le revers avant de me déplacer à l'avant du court, et seulement à cet instant ai-je réussi à adopter quelque chose qui s'apparentait à un rythme.

Ça n'est qu'après la quatrième ou la cinquième boucle que je me suis écroulée contre le mur. Après la septième j'ai entendu Papa me donner l'ordre d'arrêter. Je me sentais légère, j'avais le tournis. Je n'entendais plus le minuteur. Une force agissait à l'intérieur du court. J'ai éprouvé dans mon corps cette poussée constante qui signifiait que mon swing aurait dû tracer un arc impeccable, mais ma raquette avait le plus grand mal à parcourir l'espace. L'air se déformait autour de moi et je m'étirais, je m'étirais de tout mon long.

— Stop.

Sauf que je ne savais pas comment.

Papa plaça une main sur mon épaule, s'accroupit devant moi et retira la raquette sur laquelle se crispait mon poing.

— Tu peux arrêter.

Il posa doucement la raquette par terre. Il avait l'air épuisé.

— Je suis lessivée, ai-je dit.

Mon cœur battait fort.

— Je sais.

Papa se mit debout et rassembla mes affaires à l'avant du court. Une fois près de la porte, il s'y attarda. J'ai ramassé ma raquette. J'ai entendu mon père respirer, senti le grip au contact de ma paume.

Alors une lente pulsation qui ne provenait pas de mon cœur s'éleva dans l'air ambiant.

Un bruit compact. Sourd, familier. Il semblait émaner de moi, du dedans, mais aussi du dehors.

Ged.

Il se trouvait sur le court voisin, il tapait dans une balle.

J'ai regardé le mur qui séparait les deux courts, puis j'ai regardé Papa. Il a ouvert la bouche. Sans lui laisser le temps de parler, j'ai abaissé ma raquette et je me suis approchée de lui. Il referma la porte derrière nous et baissa le loquet. À côté, Ged jouait toujours.

— Tu veux de l'eau ? proposa Papa.

— Non.

Il hissa mon sac à dos jusqu'à son épaule.

— Je vais attendre dans la voiture.

Après un instant d'hésitation, il ajouta :

— Ne garde pas trop longtemps tes habits trempés de sueur.

Je me suis postée dans la coursive. J'ai écouté Ged, ainsi que les bruits habituels de la piscine. Ged finit par quitter le court et nous nous sommes assis sur le banc.

— Ça va ? me demanda-t-il.

— Ça me manque de jouer.

Penché vers l'avant, il tapota le tamis de sa raquette.

— Ma mère a besoin de temps, c'est tout.

— Elle croit que je vais te frapper.

— Je ne sais pas. Peut-être bien qu'elle le croit.

— Je ne vais pas te frapper.

Ged posa sa raquette à côté de lui sur le banc.

— Je sais.

Il en avait l'air convaincu.

Il tourna la tête pour me dévisager. Nous avons entendu la voix de Maqsud à l'étage. J'ai pensé à Durham et Cleveland qui arrivait en janvier. Des baies rouges dans les arbres, le givre scintillant sur les toits.

— À l'école, on joue à un jeu vidéo, ai-je dit. Ça s'appelle La piste de l'Oregon. Dans le jeu on est des pionniers, on quitte le Missouri à bord de chariots et on se met en route vers l'Oregon, on ne sait pas si on va survivre. On doit prendre des décisions par rapport à la nourriture et aux armes. On passe par des forts, on fait du troc, on chasse, on franchit des rivières, et l'ordinateur nous indique comment on s'en sort. Des fois il neige. Quand quelqu'un meurt, il y a une scène avec une tombe.

J'avais glissé ma main dans celle de Ged. J'ai senti le bout de son pouce sur ma paume.

J'allais lui dire d'autres choses. J'allais lui raconter que tous les élèves de notre niveau devaient jouer à ce jeu vidéo mais que Miss Holloway, notre professeur, ne l'aimait pas. Elle ne le trouvait pas assez éducatif. Elle nous interrompait sans cesse et nous demandait d'éteindre les ordinateurs, puis elle nous faisait la lecture. Elle avait un livre qui parlait des chefs amérindiens et des traités qu'ils avaient signés pour abandonner leur terre. Elle voulait nous faire comprendre la raison qui les avait poussés à signer ces traités. Certains enfants se retournaient sur leur chaise et me dévisageaient dès que Miss Holloway abordait le sujet. Leur regard me faisait rougir, ce qui achevait de les convaincre que ce qu'ils s'étaient imaginé était réel. Le livre de Miss Holloway me filait plus le cafard que le jeu vidéo. Le chef Wapiti Noir, surtout. « À l'époque je ne savais pas que cela avait sonné le glas d'un monde, disait Wapiti Noir. Lorsque je regarde en arrière, du haut de la colline de la vieillesse… je vois… que le cercle de la nation est brisé, ses fragments ont été éparpillés. Le centre n'existe plus… » Cela ne me concernait pas du tout, pourtant cette phrase m'avait rendue si triste que j'avais fondu en larmes à mon pupitre et Miss Holloway avait dû interrompre sa lecture.

J'ai senti les larmes monter. Sans doute que j'aurais dû continuer à parler, parce que dans le silence j'ai repensé à la fête foraine, à Mona qui nous disait que Ged et sa mère faisaient partie de nos vies parce que Maman était morte.

Les yeux fixés sur les murs vides du court, j'ai tenté de me remémorer le visage de Maman.

J'ai laissé ma main dans celle de Ged, ma honte aussi vaste que le ciel.

Dehors, Papa se tenait à côté de la voiture en compagnie de la mère de Ged. Il lui montrait quelque chose de l'autre côté de la piste d'athlétisme, au niveau des arbres, et elle souriait. Ils écrasèrent leur cigarette.

— Bonjour, ma puce, lança la mère de Ged.

Comme je ne répondais pas, elle regarda le gravier par terre. J'ai vu qu'elle était gênée.

Transférant ma raquette de la main droite à la gauche, je me suis approchée d'elle.

— S'il vous plaît, j'aimerais vraiment rejouer avec Ged.

Elle planta ses yeux dans les miens.

— Non, mon chou.

— S'il vous plaît.

Papa me prit la raquette et il alla la mettre dans le coffre de la voiture.

— Ma loute, dit la mère de Ged d'une voix douce et triste. Regarde la figure de ton père.

Le bleu sur la mâchoire de Papa était toujours d'un jaune sombre. D'un vert malsain, même, sous une certaine lumière. La mère de Ged parlait d'une voix très douce, comme si elle m'implorait, et elle voulait simplement que j'arrive à comprendre, mais il y avait de la cruauté dans son argument et peut-être en prit-elle conscience, car elle me tendit la main avant d'ajouter :

— Désolée, ma puce.

— Je ne ferais pas de mal à Ged.

— Je te crois, mais rien ne me le garantit.

La mère de Ged jeta un regard à Papa et j'ai senti qu'il nous observait l'une et l'autre. Elle fourra les mains dans les poches de son manteau, se préparant à rentrer. Elle avait refusé d'exaucer mon unique souhait mais là, debout sur le parking, j'ai continué à la trouver gentille.

— Vous n'êtes pas obligée de partir, ai-je répondu.

Des larmes lui montèrent aux yeux. Elle me sourit. Enfin, elle vérifia l'heure à sa montre.

— Ça vaudrait mieux.

Elle dit « à bientôt » à Papa puis, à moi, elle me dit « au revoir ».

Papa et moi, nous sommes montés dans la voiture et je me suis tordue sur mon siège pour regarder Western Lane qui s'éloignait derrière nous. Le complexe sportif se dressait sous le ciel gris sombre, baigné d'une lumière jaune.

Ce soir-là nous avons entendu les radiateurs cogner de nouveau. Il faisait froid. Mes sœurs montèrent se coucher de bonne heure et je suis restée assise au salon avec Papa pour visionner la cassette de Bala. Papa occupait la chaise confortable à l'oblique du téléviseur, en face du fauteuil de Maman, moi le bout du canapé. Il ne cessait de me lancer des coups d'œil.

— C'est bien d'avoir quelqu'un à qui parler, dit-il au bout du compte.

Je n'ai pas détaché les yeux du poste.

— Parler de quoi ?

J'ignorais s'il faisait allusion à moi et à Ged, ou à lui-même et à la mère de Ged, mais ce n'était pas un sujet que j'avais envie d'aborder.

Papa baissa le volume.

Il attendait que je le regarde, je le sentais, et quand je l'ai regardé mon expression devait être terrible parce que la créature amicale tapie derrière ses yeux sembla battre en retraite, en clopinant.

Il parut désorienté, puis il répondit :

— Parfois, l'important, ce n'est pas ce dont on parle.

En mon for intérieur j'ai senti que je tombais d'accord avec lui. Ensuite j'ai pensé à la limonade glacée de la mère de Ged qui me chatouillait l'estomac tandis qu'au-dessus de nous, sur le balcon, Papa lui confiait ce qui le terrorisait.

— Mais d'autres fois si ? ai-je rétorqué.

J'ignorais, à l'époque, que c'était à la créature boitillante au fond de ses yeux que j'aurais dû accorder de l'attention. Non, à l'époque, je pensais à cette présence qui avait sur Papa une emprise de plus en plus ténue, et j'avais le sentiment que s'il échappait complètement à cette emprise, notre salon, notre maison, Western Lane, tout ce que nous connaissions, disparaîtraient avec.

— Tu te souviens de Maman ? ai-je demandé.

Nous avons entendu l'eau couler et les portes s'ouvrir puis se refermer à l'étage tandis que mes sœurs faisaient la navette entre la salle de bains et la chambre. Le visage de Papa s'assombrit avant de blêmir. Il remit le son de la télévision. Nous avons regardé le match en silence. Mon corps était faible, presque de guingois. Soudain j'ai voulu tout oublier et discuter du jeu avec Papa.

Jahangir Khan affrontait Qamar Zaman. Zaman frappait mieux que quiconque.

Avant d'affronter Qamar Zaman durant l'Open de 1975, Geoff Hunt avait oublié de le considérer comme un de ses challengers. À la fin de la rencontre,

Geoff Hunt quitta le court terrassé par son adversaire et déclara : « Je ne peux pas parler. » Cela avait fait les gros titres et Maqsud avait conservé les coupures des journaux dans un dossier qu'il nous montra, à moi et à Ged. À l'écran, il faudrait à Jahangir Khan trois jeux pour battre Qamar Zaman.

Je me suis tournée vers Papa et les mots que je m'apprêtais à prononcer moururent sur mes lèvres. Papa regardait le fauteuil de Maman. Il avait les yeux dans le vague. Ses traits exprimaient le calme. Le bleu foncé qui colorait sa mâchoire traçait une espèce de 3 au milieu de son visage.

— Papa, ai-je lâché.

Il garda le regard fixé sur le fauteuil.

Je lui avais demandé s'il se rappelait Maman et, là, encore, j'ai essayé de la faire revenir à ma mémoire, mais je ne voyais que des détails insignifiants. La taille qu'elle faisait. Ses bras sur les accoudoirs du fauteuil, pliés au coude. La poussière qui noircissait la plante de ses pieds.

— Je vais monter.

Papa tourna la tête, pas vers moi, vers le poste de télévision. Parfois, lorsque Qamar Zaman jouait, ses coups étaient si parfaits, si inattendus, qu'ils pouvaient oblitérer jusqu'à la dernière de vos pensées.

À l'étage nous étions toutes les trois couchées dans le noir, muettes, les yeux grands ouverts. Papa avait dû éteindre le téléviseur ou couper le son parce que, en dehors de sa voix, le silence régnait au rez-de-chaussée. Nous entendions des bribes de phrases. Cela montait du salon, directement en dessous de nous, ce qui signifiait qu'il ne parlait pas au téléphone dans le couloir mais à une personne qui se trouvait dans la même pièce que lui.

J'ai levé la tête. Je distinguais la bosse que Khush formait dans son lit, son visage pâle qui flottait au-dessus de la couverture.

Je me suis redressée sur un coude.

— Je crois qu'il…

— Chut.

Dans la couchette du haut Mona changea de position, j'ai cru qu'elle allait descendre.

— Qu'est-ce qu'il y a ? chuchota Khush.

— Je crois… j'en sais rien.

— Si, tu sais. Il t'a dit quoi, Papa ?

J'étais contrariée par sa voix qui me rudoyait.

— Il n'a rien dit.

— Il t'a forcément dit quelque chose, intervint Mona en rechangeant de position. On t'a entendue, tu étais tout énervée.

— On regardait le match, c'est tout.

J'ai reposé ma tête sur l'oreiller. Nous avons écouté les bruits qui venaient d'en bas. Les yeux fermés, j'ai essayé d'imaginer Maman en train de monter l'escalier. D'imaginer son haleine laiteuse qui s'introduisait dans la chambre. Sa voix qui nous exhortait à dormir. Mais mes efforts n'ont rien donné parce que, ici, dans le noir, la réalité la plus tangible, c'était la sensation d'un pouce en contact avec ma paume.

Aucune de nous ne descendit voir Papa ce soir-là, ni les soirs suivants.

Nous avons commencé à percevoir la présence de Maman chez nous, pas à travers nos propres observations – que ce soit par l'ouïe ou par le toucher, ou encore par de simples variations dans l'air – mais à travers le comportement de Papa. Il devenait soudain plus alerte. Au regard qu'il portait autour de lui, nous devinions que son attention s'attachait à elle, qu'il l'écoutait. Parfois, devant la télévision, il oubliait, et nous regardions le changement s'opérer en lui lorsque la mémoire lui revenait.

Il attendait que nous montions nous coucher, et nous ne savions pas s'il voulait se retrouver seul ou, au contraire, s'il redoutait la solitude. Nous nous sommes dit qu'il vaudrait peut-être mieux lui tenir compagnie mais, le soir où nous lui avons fait comprendre que nous avions l'intention de rester en bas avec lui, il quitta son fauteuil et gagna l'étage, nous abandonnant au salon.

Assises devant la télévision, nous avons tenté de garder les yeux ouverts. Nous avions envie de monter mais nous n'osions pas bouger. Au bout du compte j'ai voulu savoir si Khush arrivait à voir Maman. En réponse, elle secoua la tête.

— Ce n'est pas Maman, déclara-t-elle.

Un après-midi, après les cours, Mona nous demanda avec insistance de l'accompagner au salon de coiffure où elle avait travaillé. Le gérant eut l'air surpris et fâché de la voir vêtue de son uniforme scolaire, et nous sur ses talons. Il ne parvenait pas à détacher son regard de nos cravates gris et jaune. Mona déclara qu'elle voulait se faire couper les cheveux. Cela nous prit par surprise, parce qu'elle ne nous avait rien dit. Nous pensions qu'elle venait peut-être récupérer sa place, ou l'argent qu'on lui devait. C'était la première fois que l'une de nous se faisait couper les cheveux dans un salon de coiffure. Le gérant répondit : « Je ne sais pas. » Il parlait dans un chuchotis nerveux. Mona répéta qu'elle voulait une coupe, rien de plus. Le gérant avait de la peine pour nous, cela sautait aux yeux, mais cela le mettait mal à l'aise que Mona, qui s'était chargée de sa comptabilité, ne soit qu'une enfant.

Je me suis assise sur un canapé près de la vitrine avec Khush et nous avons regardé Mona pendant qu'elle se faisait laver la tête et couper un peu les pointes avant le brushing final. Le gérant s'en chargea en personne. Il avait des gestes très lents, très méticuleux. Tout le long Mona étudia son reflet dans la glace. Elle retenait ses larmes. Une fois la coupe terminée, le gérant retira les cheveux sur ses épaules d'une main vive mais légère, à l'aide d'une brosse. Ils allèrent ensemble à la caisse. Le gérant afficha de nouveau une mine gênée lorsqu'elle chercha dans son cartable l'argent qui servirait à le payer. Il le rangea dans sa caisse. Mona attendit que son regard croise le sien puis elle le remercia, comme s'il avait accompli un exploit, et il hocha la tête. Il nous raccompagna jusqu'à la porte et il resta posté sur le seuil pendant que nous nous éloignions dans la rue.

Papa prit l'habitude de se réveiller tôt, de quitter la maison à huit heures du matin et de rentrer après nous, c'était ainsi qu'il s'organisait à l'époque où il allait travailler. Mona découvrit qu'il travaillait, en effet, une partie du temps. Le reste de ses journées, il le passait à se balader dehors, du moins c'est ce que nous imaginions. Il rentrait les mains gelées, du givre collé aux épaules de son manteau. Peu importe ce qu'il faisait, cela semblait le rendre malade. Son visage avait changé. Il arrivait que ses mains tremblent lorsqu'il versait l'eau de la bouilloire. Mona craignait que Papa finisse par craquer et avoue à quelqu'un qu'il voyait Maman dans notre salon. Elle courait décrocher chaque fois que le téléphone sonnait pour expliquer à celui ou celle qui appelait que Papa n'était pas disponible, qu'il était sur un chantier, ou occupé.

Moi, je savais que Papa ne dirait rien, à personne, parce qu'il était complètement seul.

J'ai commencé à lui tenir compagnie alors que Mona et Khush étaient déjà montées se coucher. Nous restions assis au salon, tous les deux, la cassette de Bala tournant dans le magnétoscope.

— Tu ne peux pas arrêter, Papa ? lui chuchotais-je.

Je pensais qu'il ne m'entendait pas.

Je suppose que ce que j'essayais de lui demander, c'était qu'il arrête de vivre dans ses souvenirs, qu'il retourne à Western Lane et discute avec la mère de Ged sur le balcon ou ailleurs, n'importe où, que tout redevienne comme avant.

Un soir, il fixa son regard sur le fauteuil de Maman et il lâcha : « Je ne peux pas. »

Répondait-il à ma question, s'adressait-il à Maman, impossible de le dire. J'ai repensé au cheval à la fête foraine avec son air triste, son sabot qui le démangeait et les mouches qui vrombissaient autour de sa tête. Papa s'agrippa aux accoudoirs de son fauteuil pour prendre de l'élan et se mettre debout, au prix d'un immense effort. Il se rendit à l'étage et me laissa seule au salon.

Papa avait dû réparer le fauteuil de Maman, un pied me paraissait plus foncé que les trois autres. J'avais oublié lequel et la différence était si subtile que la lumière diffusée par le téléviseur ne permettait pas de la distinguer. Vite, je me suis levée pour allumer la grosse lampe puis j'ai quitté le salon, refermant la porte derrière moi afin d'empêcher que la chaleur s'évacue. Debout dans le silence du couloir, j'ai téléphoné à oncle Pavan.

Sept

Papa nous expliqua qu'à certains moments, un joueur a besoin d'une aide extérieure. En partie parce qu'il n'arrive pas à voir ce qui se passe sur le court, ce dont Jahangir Khan avait bien conscience. Au cours du match qu'il avait disputé en 1980 à Karachi contre Qamar Zaman, son coach, Rahmat, lui avait suggéré de calquer son jeu sur celui de son adversaire, mais dans la longueur : frappe après frappe, vers le fond du court. Jahangir n'avait pas plus de seize ans. Sa nervosité permit à Qamar Zaman de remporter le premier jeu, et le suivant, alors Rahmat dit à Jahangir de ne plus se soucier du résultat, simplement de reproduire ce qu'il avait fait lors de sa dernière séance d'entraînement. Qamar Zaman concéda le troisième jeu, puis le quatrième. Il s'accrocha durant le cinquième, à un moment le score était de 6 partout. Rahmat montra son poing serré à Jahangir, l'exhortant à persévérer, et il indiqua aussi que Qamar Zaman commençait à perdre la maîtrise de son coup droit, qu'il devait insister dessus. Le gamin de seize ans suivit les consignes de son coach. En réaction Qamar Zaman frappa le tin à plusieurs reprises et, cette fois-ci, il fut incapable de revenir au score. Jahangir Khan en parla dans un livre. Je les ai imaginés, lui et Rahmat, passant et repassant chaque détail de ce match en revue, ne retenant que l'essentiel.

Nous étions dans la cuisine. La voix de tante Ranjan résonnant dans le couloir annonça leur arrivée comme la corne de brume d'un bateau, mes sœurs me jetèrent un coup d'œil furtif et se regardèrent, frappées de stupeur. Mona alla se laver les mains. Elle les essuyait avec un torchon lorsque tante Ranjan déboula avec Papa, oncle Pavan sur les talons.

À la seconde où elle entra dans la cuisine, nous avons vu tout ce qui n'allait pas. Rien de chaud à manger, aucune conserve, aucun Tupperware mis de côté, zéro signe de créativité ou de cordialité. Pas seulement parce que nous n'étions pas prêts à recevoir des invités. C'était l'ambiance générale.

Tante Ranjan laissa Papa passer devant pendant qu'elle prenait la mesure de la situation.

— Tu ne les as pas prévenues, dit-elle.

Papa alla s'asseoir.

— Pardon, tante Ranjan, répondit Mona. C'est notre faute. On vous attendait plus tard avec les bouchons. Vous avez faim ?

Khush et moi nous sommes mises debout pour laisser nos chaises à tante Ranjan et oncle Pavan. Tante Ranjan lança un regard dubitatif à Mona.

— Du thé, cela suffira pour le moment, dit-elle avant de m'envoyer chercher un tabouret dans notre chambre et une chaise dans celle de Papa.

Vers la fin de notre conversation téléphonique, j'avais révélé à oncle Pavan que Papa parlait à Maman au salon. À cause de moi, avais-je avoué, et maintenant il en était malade. Oncle Pavan était resté sans rien dire. Au bout d'une minute il avait déplacé quelque chose, sans doute un verre d'eau, sur le guéridon du téléphone, et il m'avait demandé : « Tu sais que je dois en informer ta tante ? » Je l'avais senti inquiet. « Pas grave, avais-je répondu. Je sais. »

Plus tard, autour d'un thé, et tandis qu'elle faisait frire des parathas sur la gazinière et nous servait le dîner à presque minuit, j'ai attendu que tante Ranjan explique à Papa que c'était à ma demande qu'ils étaient venus, mais elle le garda pour elle. Elle ne dit pas grand-chose, en réalité. Elle ne lâchait pas Papa des yeux et, chaque fois qu'elle allait au salon, elle forçait oncle Pavan à l'accompagner. Nous aussi, nous regardions Papa. Nous observions que la présence d'oncle Pavan le rassurait.

Après le dîner je suis montée me laver les mains dans la salle de bains, en redescendant j'ai croisé oncle Pavan dans l'encadrement de la porte qui donnait sur le salon et il avait l'air si démoralisé, si déçu, que j'ai voulu aller le voir et lui dire de ne pas s'inquiéter, Maman allait revenir, pour l'instant il y avait trop de monde à la maison. Mais, en mon for intérieur, j'ai entendu la voix de Khush me désavouer, non, ce ne serait pas Maman qui viendrait, et je suis retournée dans la cuisine.

Papa et oncle Pavan sont allés se coucher dans la chambre de Papa, tante Ranjan devait dormir dans notre chambre à nous. Avec mes sœurs, j'ai trouvé des excuses pour veiller. Nous avons demandé à tante Ranjan de nous préparer du lait tiède et sucré au safran. Mona dénicha le safran derrière les sachets de thé. Khush sortit les cartes à jouer et nous avons enchaîné quelques parties jusqu'à ce que tante Ranjan se déclare fatiguée et monte se coucher, en nous demandant de laver nos tasses et de ne pas les laisser dans l'évier. Nous étions toujours dans la cuisine lorsque nous avons entendu oncle Pavan et Papa parler, ensuite oncle Pavan arriva, en bottes et manteau, et nous apprit qu'il sortait se promener avec Papa. Nous attendions qu'il nous dise d'aller nous coucher mais il resta planté là une bonne minute, à la suite de quoi il pivota sur ses talons et partit chercher le manteau de Papa dans le couloir.

Nous avons versé de l'eau dans des verres et nous nous sommes attardées au rez-de-chaussée, mais nous avons fini par dériver à l'étage, par nous coucher et nous endormir. À notre réveil il faisait jour et tante Ranjan et oncle Pavan discutaient dans la cuisine.

Nous nous sommes brossé les dents, nous avons fait un brin de toilette et nous sommes descendues.

Une forte odeur d'encens émanait du salon. Mona fit la grimace lorsque nous sommes passées devant la pièce : les fenêtres étaient grandes ouvertes et un nouveau pot de basilic sacré était posé sur l'étagère.

Papa et tante Ranjan étaient assis à la table de la cuisine. Papa en costume, une tasse de café dans les mains. Le petit-déjeuner était prêt, il faisait bon parce que tous les radiateurs étaient allumés. Tante Ranjan nous dit bonjour et se mit debout, nous informant qu'ils avaient déjà mangé et que Papa avait réparé le chauffage avec oncle Pavan, qu'elle rejoignit dans le jardin. D'un commun accord nous avons fondu sur le radiateur. Nous nous sommes collées contre lui, dépossédées de notre propre corps, et tant pis si nos jambes brûlaient. Nous ne pensions pas que Papa serait allé se coucher, mais il avait pris une douche et il s'était rasé. Il nous regarda. Nous nous sommes attablées pour manger ce que tante Ranjan avait préparé. Le petit-déjeuner fini, Papa me dit de prendre mes affaires. Nous allions à Western Lane.

Il n'y avait personne en dehors de nous. Il se tenait à l'extérieur du court, toujours en manteau, et il me donnait des consignes. Il me fit travailler mes pointes de vitesse pendant quelques minutes, le temps de m'échauffer. Puis il me demanda de combiner moi-même mes exercices. Je suis restée sur quelque chose de simple et de lent. Des coups droits suivis d'amorties.

— Bien.

Il parlait d'une voix rauque. Il semblait presque tomber des nues. J'ai cru qu'il avait été pris de court par la séquence que j'avais choisie. Rien de très compliqué, mais tout en maîtrise.

J'ai continué, sans forcer.

Au bout de plusieurs exercices, Papa me dit : « Sors. »

La même voix éraillée. J'avais l'impression qu'elle m'enveloppait. Nous nous sommes assis sur le banc et j'ai essayé de calmer ma respiration.

Papa poursuivit :

— Tu l'aimes bien, ton oncle.

Je ne savais pas s'il me posait une question. J'ai répondu :

— Je l'aime beaucoup.

Et j'ai compris que j'avais fait ce qu'il fallait lorsque sa voix est redevenue rauque.

— Ça a été dur pour toi, depuis que Maman…

Je me suis collée contre lui, tout contre, et nous avons écouté les portes s'ouvrir et se refermer à l'étage.

Il réessaya.

— Ça a été dur… c'est dur…

— Papa ?

Il me laissa appuyer ma joue sur son bras et il se rapprocha, même, pour que ce soit plus confortable. Le drap de son manteau était rêche, mais chaud. Je me dressais et m'abaissais au gré de sa respiration.

— Ton oncle et ta tante, ajouta-t-il.

Nos corps se soulevaient en rythme.

— Ton oncle et ta tante aimeraient que tu ailles avec eux, que tu ailles vivre avec eux à Édimbourg.

Je n'ai pas bougé. Au moindre mouvement ce qui nous recouvrait risquait de glisser.

— … à Édimbourg… si tu…

L'épaule de Papa retomba tandis qu'il commençait à se tourner vers moi, et j'ai dû lever la tête.

Il allait me dire que la décision m'appartenait, je le savais, et je savais aussi que si j'acceptais, nous serions à nouveau proches. Mais j'étais déjà en train de lui répondre.

— Tu as dit que c'était bien d'avoir quelqu'un à qui parler. Tu devais parler à oncle Pavan. Édimbourg, ça ne faisait pas partie de nos plans. Tu…

J'ai mis ma main sur ma bouche. Papa s'éclaircit la voix.

— Ta tante et ton oncle voulaient avoir des enfants. Ils le voulaient très fort. Mais tu vois qu'ils n'ont pas pu… mon frère, ton oncle… ce sera mieux pour toi. Tu seras toujours mon enfant. Tu le sais.

Sa voix m'enveloppa de nouveau, inexplicablement. La mère de Ged fredonnait à travers la porte ouverte du bar mais pas Papa, parce qu'il me regardait. Il disait :

— Tu seras leur enfant autant que le mien,

et

— À toi de décider.

La tête appuyée à son bras, j'ai entendu les chaises racler le plancher à l'étage, puis la voix de Ged et un vrombissement monotone, sa mère qui passait l'aspirateur sur le balcon. Je me suis sentie somnolente.

— Et Durham et Cleveland, alors ? ai-je demandé.

Malgré le va-et-vient de l'aspirateur au-dessus de nos têtes, Papa distingua mes paroles. J'ignore s'il garda le silence ou s'il se déchargea sur oncle Pavan. Dans mon souvenir il fit l'un et l'autre.

Tante Ranjan nous préparait des mani puri. Elle avait envoyé oncle Pavan au magasin de gros, il était revenu avec le coffre de la voiture rempli à ras bord. Un gros sac de farine, un bidon d'huile, du riz, des lentilles, assez de fruits et de légumes pour tenir la semaine. Khush était postée devant la gazinière à côté de tante Ranjan, qui lui apprenait comment faire frire les puri à la poêle afin qu'ils soient la bonne couleur. Les carreaux étaient couverts de buée car tante Ranjan faisait bouillir de l'eau dans trois casseroles en même temps. Mona étalait la pâte et la découpait en rondelles, un bol en métal en guise d'emporte-pièce.

Tante Ranjan nous jeta un coup d'œil, à Papa et à moi, lorsque nous sommes arrivés dans la cuisine.

— Vous êtes rentrés, nous dit-elle, et à Khush elle ordonna : Maintenant je vais montrer à ta sœur. Va émincer la menthe, elle nous servira pour le pani.

Khush posa la spatule sur une soucoupe. Au regard qu'elle et Mona me lancèrent, j'ai compris qu'elles savaient pourquoi Papa m'avait emmenée à l'entraînement. J'ai cru que tante Ranjan allait vouloir discuter avec Papa, lui demander quelle tournure avait prise la séance, mais elle resta aux fourneaux et me donna une leçon de cuisine.

Les petits puri se gonflaient et formaient des boulettes à la seconde où nous les glissions dans l'huile et ceux qui refusaient d'enfler, il suffisait de leur mettre un petit coup de spatule d'un côté, puis de l'autre. Il fallait les retourner sans cesse jusqu'à ce qu'ils se colorent d'un beau brun doré et attendre un peu avant de les sortir de l'huile. La clef, c'était la concentration. Pendant que je faisais frire les puri, j'ai senti sur moi le regard de Papa. L'épaule appuyée au cadre de la porte, il parlait avec oncle Pavan qui buvait du thé assis à la table. J'avais ressenti la même proximité entre nous sur le banc à Western Lane. Dans cette cuisine il y avait lui et moi d'un côté, mes sœurs, tante Ranjan et oncle Pavan à l'opposé, parce que je le quittais.

Chacun se servit cinq puri sur son assiette. Nous devions les garnir nous-mêmes en perçant un trou sur le dessus, tout doucement, avec le bout d'une cuillère. Lorsque le trou était de la taille qu'il fallait, nous y glissions des cubes de pomme de terre, quelques pois chiches, des haricots mungo, des oignons émincés et de la coriandre. À ce mélange venaient s'ajouter du chutney, et autant de pani que le puri pouvait en contenir, et nous enfournions le tout. Oncle Pavan nous complimenta sur les puri, ils étaient bien croustillants, à l'intérieur comme à l'extérieur, et la croûte craquait lorsqu'on la tapotait avec la cuillère. Papa me resservit et remplit mon verre de Coca, et j'ai fini cette portion supplémentaire.

— Qu'est-ce que tu as fait à Papa ? chuchota Mona.

Nous étions couchées dans notre chambre pendant que tante Ranjan et oncle Pavan restaient en bas avec Papa. Étendue sur le ventre, elle s'adressait à moi en laissant pendre la tête par-dessus le rebord de sa couchette.

— On les a entendus parler, ajouta-t-elle.

Khush me rejoignit dans mon lit. Elle repoussa le visage de Mona. Je l'ai écoutée respirer doucement.

— On s'en fiche de ce que tu as fait. C'est pas ta faute. T'es pas obligée d'aller avec eux, déclara-t-elle.

— Je n'ai rien fait, ai-je protesté.

Khush sortit sa main de sous la couverture, me toucha les cheveux. Elle embaumait la menthe et le citron. J'ai fondu en larmes.

— J'ai déjà dit à Papa que j'irais.

— Tu as changé d'avis. Dis-lui, Mona.

Mona se laissa tomber de sa couchette. Elle alluma la lampe et vint s'agenouiller à côté de nous.

— Elle a raison. Ce n'est pas ta faute. Tu n'es pas obligée de partir.

J'ai regardé mes deux sœurs. Je voulais répéter que je n'avais rien fait. En même temps, je voulais leur demander de quoi je m'étais rendue coupable. J'ai pensé à Papa dans son manteau, à sa voix rauque qui m'enveloppait.

— Je l'ai déjà dit à Papa.

Le lendemain matin, oncle Pavan me proposa de sortir nous promener, rien que lui et moi. J'allais devoir ouvrir la marche. Nous sommes montés jusqu'au lycée, où il y avait un peu de verdure.

— Alors, qu'est-ce que tu en dis ? me demanda-t-il. De cette idée qu'on a eue, de venir vivre avec nous ? Ça nous ferait très plaisir. On pense que tu vas aimer Édimbourg même si ce n'est pas pareil, on le sait bien.

— J'ai répondu oui à Papa. Il ne t'en a pas parlé ?

— Si. Mais je… on… on voulait connaître ton avis.

— Je ne sais pas.

— On trouve un endroit où s'asseoir ?

Il y avait un banc au milieu d'un tourniquet. L'herbe poussait autour, longue et verte, mais le banc était sec.

— Voilà qui est mieux, dit oncle Pavan. Tu sais qu'on tient beaucoup à toi.

Nous avons regardé les voitures qui passaient. Oncle Pavan posa les mains sur ses genoux.

— Ta tante et moi, on va rentrer et préparer la maison pour toi. Si tu veux toujours venir, ton papa va te conduire chez nous.

Je voyais bien qu'il trouvait cette conversation pénible et je m'apprêtais à le rassurer, quand il dit soudain :

— Tu savais que ta maman et ton papa ont vécu avec nous, à Édimbourg ?

Je l'ai fixé du regard.

— C'était avant la naissance de Mona. Ta maman aimait bien Édimbourg. Elle aimait bien les montagnes.

Oncle Pavan éclata de rire.

— Les collines qui surplombent la ville, précisa-t-il. Elle appelait ça des montagnes. Elle se baladait là où elle arrivait à les voir.

Je me suis souvenue de nos promenades à travers Édimbourg à l'époque où nous allions rendre visite à tante Ranjan et oncle Pavan. Maman portait son sari et ses Scholl trop grandes et marchait quelques pas derrière Papa, son regard passant systématiquement de la chaussée au trottoir, du trottoir aux vitrines, nous tenant toujours à l'œil, nous empêchant de nous égailler dans la nature. J'ai essayé de l'imaginer qui marchait sans nous.

— Allons, allons, fit oncle Pavan.

Il me tendit un mouchoir. J'ai soufflé dedans.

— Pardon. Je ne suis pas triste. C'est juste que des fois…

— Je sais.

— Tu sais ?

— Oui. Pourquoi non ?

Pourquoi non, ai-je répété en mon for intérieur. J'ai fourré le mouchoir d'oncle Pavan dans ma manche.

J'ignorais que Maman avait un faible pour les montagnes, oncle Pavan en parla pendant une bonne minute et j'ai suggéré ensuite :

— Peut-être qu'on devrait rentrer.

Oncle Pavan marchait vite, les yeux fixés par terre devant lui, parce qu'il n'avait pas dit tout ce qu'il aurait voulu me dire.

J'ai montré des fleurs sauvages qui étaient sorties en avance.

— Regarde, mon oncle.

Il regarda les fleurs sans les voir et j'ai regretté de l'avoir coupé dans son élan.

J'ai demandé à Papa d'annoncer mon départ à la mère de Ged. Je lui ai aussi demandé de voir si elle acceptait de me laisser jouer contre Ged une dernière fois. Il alla lui parler et, à son retour, une lumière semblait jaillir de lui, mais il m'informa qu'elle avait refusé. Tant pis, ai-je répondu. J'irais dire au revoir aux deux, ensemble. Debout sur le seuil, Papa me regarda mettre mon sac à dos et ma raquette sur mon vélo.

Ged était assis sur un banc. Il portait un t-shirt sombre que je voyais pour la première fois.

Le soleil était très bas dans le ciel. Je me rappelle que la coursive était baignée d'une lueur orangée qui entrait par le vitrage des portes. Je me rappelle que Ged se mit debout et qu'une douleur exténuante, déchirante, éclata à cet instant dans ma poitrine.

Ged ramassa sa raquette posée sur le banc. Il me regarda. Enfin il pivota sur ses talons et il pénétra sur le court, et j'ai pris une inspiration lente et profonde.

Je suis allée chercher ma raquette.

Nous étions l'un et l'autre fatigués et maladroits. Nous avons délibérément tapé des balles lentes, en travaillant la précision. Nous voulions tout ralentir. Nous avons trébuché et frappé de travers, mais cela n'avait aucune importance, ce qui comptait, c'était le jeu. À tout instant je m'attendais à ce que la mère de Ged débarque sur le balcon et nous ordonne d'arrêter.

La séance achevée, mon cœur n'arrêtait pas de cogner. Nous respirions par à-coups, les yeux fixés sur le mur latéral.

— Tu viendras me voir à Édimbourg ? ai-je demandé.

— Oui.

— J'irai te récupérer à la gare. On ira visiter le château d'Édimbourg. Et les montagnes. Et il y a Durham et Cleveland. Oncle Pavan m'y conduira, il faut juste que je lui demande.

— Tu veux aller à Édimbourg, alors ?

— Non.

Nous avons étudié les traces sur le mur. Elles étaient devenues orange pâle et rose dans la lumière de cette fin d'après-midi.

— On croirait une de ces grottes dont tu m'as parlé, dit Ged, et j'ai songé : « Si seulement cet instant restait figé à jamais. »

Le rose et l'orange s'estompèrent et virèrent au gris.

Ged se dirigea vers la coursive. Quelques secondes plus tard j'ai entendu l'écho de la balle sur le court voisin. Je suis montée dire au revoir à la mère de Ged. Elle m'a serrée dans ses bras et m'a assuré qu'elle serait toujours heureuse de me voir.

J'ai repéré Maqsud, qui buvait à l'une des tables du bar. Je me suis approchée de lui. Je lui ai dit que je m'en allais.

— Je sais.

Je me suis sentie coupable parce que je ne lui avais même pas consacré un seul moment.

Il plongea la main dans la poche de son manteau et il en sortit une bille bleue en verre.

— Pour toi.

C'était une bille magnifique. Identique à une petite boule de glace bleue. À l'intérieur deux tourbillons blancs, comme du givre. La bille au creux de la paume, je me suis mise à pleurer.

— Merci, mon oncle.

— Tes mercis, tu peux te les garder, rétorqua Maqsud sur un ton bourru. Tu as joué des balles d'une lenteur pas possible aujourd'hui, je te croyais plus maligne que ça.

— Tu regardais ? ai-je chuchoté.

Maqsud avait la figure toute rouge. Il semblait fâché, mais il ne l'était pas.

— J'ai des oreilles ! s'exclama-t-il, et il m'ordonna de débarrasser le plancher.

Lorsque je suis descendue au niveau des courts, Ged était encore en train de taper dans la balle et ce bruit me poursuivit tout le long du trajet.

Je ne suis pas rentrée tout de suite. J'ai abandonné mon vélo au pied de la colline derrière la maison et j'ai sorti mon blouson du sac à dos. Le crépuscule baignait le paysage de teintes indigo. J'ai gravi la butte et, arrivée au sommet, je me suis assise dans l'herbe bleue et mouillée, les bras enroulés autour des jambes.

Chez nous toutes les lampes étaient allumées et depuis mon poste d'observation j'ai aperçu les silhouettes de Papa et de Mona, en ombres chinoises, qui se déplaçaient dans la cuisine, et Khush en haut dans la salle de bains. Khush éteignit la lumière et rejoignit les autres en bas. Papa ouvrit la porte qui donnait sur le jardin, un ruban de lumière jaune barra le sentier et il resta longtemps dehors, debout sur le seuil. Je l'ai imaginé qui levait un peu la tête et qui voyait la tache bleue que je formais sur la colline derrière la maison.

Huit

Sur le court, le mental ne s'attache pas seulement à la frappe qu'on s'apprête à décocher et à celle avec laquelle l'adversaire compte répliquer, mais aux suivantes, avec deux, trois, voire quatre coups d'avance. On étudie la position de son concurrent et la stratégie adoptée, on procède à des calculs. Ainsi, on se fixe un cap et on s'y tient. Même si le mental emprunte plusieurs chemins à la fois, il ne se disperse pas, il se dilate, reculant ou avançant dans le temps, et cette expansion se produit à une vitesse telle qu'on a la sensation de voir l'instinct jouer un rôle. Parfois, on ne se rend même pas compte qu'on se sert de son cerveau.

Dans la maison d'Édimbourg régnait un silence assourdissant et l'unique moyen que j'avais trouvé de le meubler, parfois, c'était de me plonger dans mes pensées, mais elles étaient toutes vastes et distantes les unes des autres. J'avais l'impression de déambuler à travers une immensité inhabitée, privée de bornes et de repères. Ma tante passait son temps aux fourneaux, oncle Pavan ne quittait pas souvent son jardin. J'avais cru que tante Ranjan allait me forcer à l'aider en cuisine, à repriser et à faire le ménage dès mon arrivée, mais elle avait dû en discuter et trouver un accord avec oncle Pavan. Livrée à moi-même, j'avais pris l'habitude de m'asseoir à la grande table du salon. C'était là qu'il faisait le plus chaud. En journée, le soleil entrait par les grandes fenêtres. Le soir, oncle Pavan allumait un feu dans la cheminée à foyer ouvert.

Assise près du feu, j'essayais sans relâche de m'imaginer dans la vie de Papa et de mes sœurs là-bas, à la maison, mais mon esprit me le refusait. Lorsque je retrouvais mon lit, je découvrais que Khush se l'était approprié et que j'y étais à l'étroit ; lorsque je me chamaillais avec mes sœurs pour savoir qui aurait le privilège de finir la limonade, personne ne ripostait, personne ne me remarquait ; lorsque je m'adressais à Papa, il finissait son café, prenait sa radio et s'esquivait à l'étage, et les petits mots que je suspendais au fil à linge étaient balayés par le vent, négligés. En revanche, imaginer Durham et Cleveland n'exigeait aucun effort. Maqsud nous avait raconté qu'au milieu de la salle de badminton se dressait un court vitré, structure éphémère qui remplirait brièvement son office avant de disparaître. Dans ma tête je restais debout des heures en compagnie de Papa devant ce court en verre. Papa et moi, nous gesticulions tout en parlant et des ombres lumineuses révélées par le feu d'oncle Pavan vacillaient sur les murs autour de nous. Tout était possible à Durham et Cleveland, parce que j'étais censée y participer.

Un soir, peu après mon arrivée, alors qu'il faisait un froid de canard et que les braises rougeoyaient, oncle Pavan entra au salon et se planta près de ma chaise. J'ai refermé le livre que j'étais en train de lire, pensant qu'il voulait peut-être discuter, mais au bout d'une minute il alla parler à tante Ranjan. Il disparut une heure entière et revint avec un transistor portatif qu'il me donna. Je pouvais l'écouter quand l'envie m'en prenait. J'ai remercié oncle Pavan. Je lui ai dit que, chez nous, je n'avais pas de radio à moi.

Il me dit : « Viens. » Il voulait me montrer la maison.

— Je la connais, la maison.

— C'est différent maintenant. C'est la tienne aussi.

Tandis que nous passions de pièce en pièce, il regretta de ne pas m'avoir fait faire la visite plus tôt. Il ouvrit les placards qui contenaient la vaisselle et les bibelots de tante Ranjan, ces mêmes placards dont tante Ranjan nous avait interdit l'accès, à mes sœurs et à moi, et il me fourra des objets entre les mains, comme des tasses en porcelaine et un presse-papiers en verre, qu'on devait retourner pour voir la neige tomber à l'intérieur.

— Ça ne va pas embêter tante Ranjan ? ai-je demandé.

Oncle Pavan commença à ranger.

— Elle est au courant, me répondit-il, mais on n'est pas obligés d'en faire trop devant elle.

J'ai remis le presse-papiers à sa place et j'ai allumé ma radio.

Papa, Mona et Khush téléphonaient souvent. Si je leur parlais plus de quelques minutes, oncle Pavan m'apportait un verre d'eau, que je posais sur le guéridon. Khush m'apprit que Maqsud et la mère de Ged étaient venus à la maison, que Papa était retourné à Western Lane. Il s'y rendait deux ou trois fois par semaine. J'ai voulu savoir pour Maman. J'ai dit : « Et ça se passe comment au salon ? » Elle garda le silence quelques instants, puis elle déclara que ça allait, Papa faisait des progrès. Parfois, Papa et moi, nous passions beaucoup de temps au téléphone. Il voulait connaître mon avis sur tel ou tel sujet. Il m'arrivait de sentir entre nous cette proximité que j'avais éprouvée avant mon départ. Je lui ai demandé de convaincre tante Ranjan pour Durham et Cleveland, de lui expliquer qu'il voulait m'inscrire au tournoi. Papa répondit qu'il viendrait à Noël avec mes sœurs, qu'il verrait à ce moment-là, mais dans les jours qui précédèrent Noël il contracta une pneumonie et il appela pour annoncer que leur voyage était annulé, c'était mieux ainsi.

Oncle Pavan me regarda reposer le combiné. Je savais qu'il attendait que je parle mais j'avais la langue nouée, et il dut avoir de la peine pour moi parce que, ce même après-midi, nous venions d'installer le sapin de Noël sur son socle et nous prenions du recul pour voir comment cela rendait, il me dit que c'était dommage pour Noël, et qu'il toucherait un mot du tournoi à ma tante. Plus tard, il vint s'asseoir à côté de moi tandis que je lisais à la table du salon et il me suggéra d'aborder le sujet moi-même.

« Quand ? » lui ai-je demandé, il répondit : « Pourquoi pas maintenant ? »

Tante Ranjan était assise par terre dans la cuisine, une sorte de poussière fine en suspension dans l'air autour d'elle. Elle passait des lentilles au tamis. Un saladier en métal accueillait les petits cailloux qu'elle trouvait et elle était entourée de cinq plateaux peu profonds. Elle vaquait à sa besogne, ses épaules allant d'avant en arrière.

— Tante Ranjan.

Ma tante se figea, la paume sur le bord du saladier, et elle me regarda à travers la poussière.

— Je peux t'aider ?

Elle s'écarta un peu et tira sur son sari pour me faire de la place. Je suis passée entre les plateaux, je me suis installée à côté d'elle par terre et elle me montra comment procéder. Très vite j'ai calqué mes gestes sur les siens et j'ai senti qu'elle n'était plus rebutée par mon interruption, peut-être même s'en réjouissait-elle. J'ai commencé à lui parler du squash. J'ai expliqué que c'était Papa qui nous avait initiées. Une activité dans laquelle il fallait s'investir. Qui impliquait de la discipline, du travail, et j'avais déjà ma propre raquette, et il y avait un court pas très loin et ce n'était pas très cher. Ensuite j'ai parlé de Durham et Cleveland. Papa serait là-bas, cela ne durait que deux jours. Tante Ranjan continuait de tamiser ses lentilles. J'ai cru qu'elle allait faire la sourde oreille. Lorsqu'elle transféra les lentilles qu'elle venait de trier à un autre plateau, elle me regarda. Elle posa son plateau. Et elle lâcha :

— Non.

J'ai croisé son regard.

— Papa voulait bien…

— Je sais que ton père voulait bien, mais ça ne veut pas dire que c'est convenable.

Tante Ranjan tendit le bras pour vider son saladier dans la poubelle puis elle se rassit, immobile, dans la poussière.

— Ce n'est pas convenable pour une fille, pour ma fille. Je l'ai dit à ton oncle. Mais tu le sais déjà. Tu es venue me voir parce que ça compte pour toi, et je te réponds non parce que je me suis fait la promesse de t'élever comme il faut, par respect pour ta mère, et cette promesse compte pour moi. Quand tu seras plus grande, peut-être que tu comprendras.

Elle était livide. Fâchée comme elle l'était, elle allait camper sur ses positions et, de mon côté, j'étais coincée parce qu'elle avait mêlé Maman à toute cette histoire. J'ai épousseté mes genoux et je me suis remise à trier les lentilles.

Pendant les fêtes de Noël, j'ai senti qu'oncle Pavan me tenait à l'œil. Il est devenu taciturne, renfermé. Il enfilait ses bottes et son manteau, sortait faire de longues balades. Au lieu de passer du temps dans son jardin, il allait s'asseoir dans la cuisine en compagnie de tante Ranjan, et ce petit manège dura plusieurs jours. Parfois ils discutaient, ils avaient de longues conversations émaillées de silences qui s'éternisaient. C'est justement après l'une de ces conversations qu'oncle Pavan m'emmena dehors, dans le jardin, où nous nous sommes installés sous le balcon de la pièce qui me servait à présent de chambre, et nous avons observé ses arbres. Là, il m'apprit que tante Ranjan avait donné son accord pour que je participe à Durham et Cleveland.

— Tu es sûr ? ai-je demandé, et oncle Pavan confirma.

J'avais l'autorisation de prendre part au tournoi, mais j'allais devoir tirer un trait sur le squash après. Les semaines qui précédaient Durham et Cleveland coïncideraient avec mon admission à l'école et oncle Pavan précisa que tante Ranjan avait accepté que je m'entraîne, à la condition que les séances aient lieu avant les cours, et en présence de mon oncle. Je l'ai serré contre moi, il a eu l'air à la fois content et gêné, et il ajouta qu'il allait devoir retrouver sa raquette.

Dans la cuisine, tante Ranjan avait ouvert les robinets à fond pour remplir l'évier d'eau. J'avais l'intention de la remercier et de lui promettre de ne plus demander quoi que ce soit, ni à elle, ni à mon oncle, mais l'eau faisait beaucoup de bruit et, debout devant l'évier, tante Ranjan évitait de croiser mon regard – j'ai compris qu'à partir de ce moment la honte d'avoir dû marchander avec oncle Pavan déteindrait sur toute notre relation.

Les courts qu'oncle Pavan avait réservés se situaient dans le sous-sol d'un bureau à proximité de l'immeuble où il travaillait. Je lui ai dit que rien ne l'obligeait à me servir de partenaire, j'étais capable de m'entraîner seule. J'avais peur que frapper quelques balles ne l'achève mais je l'ai vu se déplacer sur le court et j'ai pensé : Gogi Alauddin. Gogi était fluet, oncle Pavan costaud, et ils ne se ressemblaient pas beaucoup, mais il y avait un je-ne-sais-quoi. Durant nos causeries à Western Lane, Papa, Maqsud, Ged et moi, nous avions discuté de Gogi Alauddin. Son talon d'Achille, c'était sa force de frappe. Ses atouts, sa vivacité d'esprit, son agilité et son toucher de balle. Il savait lire la trajectoire de la balle et, grâce à cet excellent toucher, son manque de puissance avait peu d'impact sur son jeu. Il acculait ses adversaires dans les coins du court avec des amorties lentes et des lobs, et finissait par dévorer l'espace.

Même s'il n'avait plus touché à une raquette depuis son enfance, j'ai eu la sensation qu'oncle Pavan n'avait rien oublié. Son corps n'avait rien oublié. Dès les premiers coups, ses mouvements furent empreints de grâce et de réflexion. Nous avions mis le pied sur le court sans discuter à l'avance de nos exercices. Nous avons commencé par une simple mise en jambes. Nous avons joué relâché, à bonne distance des murs, sans attendre quoi que ce soit en retour. Puis, voyant ce qui revenait en face, chacun a haussé sa vigilance d'un cran. Nous nous sommes tourné autour, l'un cernant l'autre, augmentant la pression par paliers jusqu'à ce que nous soyons contraints de nous allonger pour atteindre la balle. Au bout de quelques minutes, oncle Pavan s'arrêta. Il respirait fort. Il abaissa sa raquette et me regarda.

— Je ne savais pas, dit-il.

J'ai pensé à lui alors que j'étais en cours, je devais rédiger un texte pour me présenter à la classe. Pour espérer le battre, j'allais devoir imprimer à mes balles un rythme soutenu qui l'empêcherait de déployer son jeu, mais je ne voulais pas le battre. Je voulais qu'il reste dans la précision et la délicatesse.

De retour à la maison, j'ai laissé tomber mon sac dans le couloir et je suis allée directement à la cuisine pour aider tante Ranjan. Elle me tendit une assiette de biscuits à l'avoine. J'ai mangé les biscuits puis lavé l'assiette, elle préparait du shrikhand et elle me montra comment filtrer le yaourt pour que le résultat soit épais et onctueux. Peut-être que je me faisais des idées, mais j'ai cru sentir quelque chose de différent dans la façon dont elle me transmettait ses consignes. J'aurais bien aimé savoir ce qu'oncle Pavan lui avait dit.

Après le dîner nous avons débarrassé et tante Ranjan a posé sa machine à coudre sur la table de la cuisine tandis que je prenais place en face d'elle avec mes devoirs. Lorsque le téléphone sonna, oncle Pavan quitta le salon et se rendit dans le couloir. J'ai tendu l'oreille, tante Ranjan aussi, jusqu'à ce qu'il devienne clair qu'il parlait à Papa. Tante Ranjan me fit signe d'y aller. J'ai versé de l'eau dans un verre que j'ai posé sur la table du téléphone à l'intention d'oncle Pavan. Ensuite je suis montée dans leur chambre, j'ai allumé la lampe et j'ai décroché le téléphone sur le meuble de chevet.

Nous avons discuté à trois, Papa debout dans le couloir chez lui, oncle Pavan au rez-de-chaussée, moi à l'étage. Oncle Pavan décrivit les exercices que nous avions pratiqués le matin même et nous avons eu un débat sur mes axes de perfectionnement, sur notre rythme de travail et sur le planning du lendemain. Papa me demanda si je voulais aborder un autre sujet. En rapport avec le tournoi, voulait-il dire. J'ai étudié le couvre-lit immaculé de tante Ranjan, tendu si droit qu'il n'y avait pas le moindre pli, et le napperon brodé, blanc et rond, sous le téléphone, et j'ai entrepris d'analyser le jeu d'oncle Pavan. Rien de nouveau pour Papa, étant donné qu'il avait joué contre oncle Pavan quand ils étaient l'un et l'autre enfants, mais il garda le silence et il me laissa parler.

Tante Ranjan me harcela de questions sur la façon dont nous allions nous organiser pour le couchage durant le tournoi. J'ai expliqué que le cousin de l'ami de Papa avait de la place pour nous. Je dormirais avec Khush et Mona dans l'appartement avec la femme du cousin en question, les hommes auraient le restaurant au rez-de-chaussée. Ensuite elle commença à se faire du souci pour son mari. Mon oncle, dormir dans un restaurant ? La veille de notre départ, tante Ranjan empila des oreillers et des couvertures dans le couloir et elle se leva en même temps que nous dans le noir, prépara du porridge et nous aida à charger le coffre de la voiture.

Le club de squash ne se trouvait pas à Durham, mais dans un village en rase campagne. À notre arrivée, une nappe de brume flottait au-dessus du sol et un soleil très pâle enveloppait la scène d'une lueur laiteuse, surnaturelle. Le bâtiment était en retrait par rapport à la route, dominant un parking gravillonné. Au-delà se déployait une zone industrielle ; en face, une rangée de maisons mitoyennes. Tout était sombre, baignant dans une lumière étrange.

Du regard j'ai cherché la Peugeot poussiéreuse de Maqsud sur le parking. Je l'ai décrite à oncle Pavan, il m'écouta avant de m'interrompre. Il me donna mon sac à dos et, d'une voix douce, me dit que les autres n'étaient pas encore là, qu'il fallait entrer.

Il y avait de l'attente pour s'inscrire. Nous avons fait la queue le long d'un mur dont les fenêtres donnaient sur le parking, la brume s'épaissit et gomma les contours du paysage, à l'intérieur deux filles se tenaient devant nous et nous bloquaient la vue. Elles étaient sœurs. La même carrure, les bras couverts de marbrures roses, un sac Prince et deux raquettes chacune. La cadette avait des raquettes en bois, comme Jahangir Khan. Étrange de constater à quel point certaines choses semblaient précises, par exemple ces raquettes qui dépassaient d'un sac, quand dehors tout était drapé d'une aura de mystère.

Les jours qui avaient suivi l'achat à Londres de ma nouvelle raquette, Papa n'en avait pas reparlé et, à un moment, l'ancienne avait disparu. Je ne savais pas s'il l'avait revendue, donnée ou rangée en lieu sûr, au cas où. Je n'avais pas envie de regarder les raquettes des sœurs Prince, je n'avais pas non plus envie de regarder dehors parce que chaque fois que la brume se levait et que je voyais une voiture entrer sur le parking, ce n'était pas celle de Maqsud. Par deux fois, oncle Pavan me dit « Ils arrivent » mais il n'avait aucun moyen de le savoir, pas plus que moi.

La femme en charge des inscriptions me demanda mon nom. Elle le barra sur sa liste au moyen d'une règle et entreprit de me parler du tournoi, mais la salle était bondée et elle dut hausser le ton pour couvrir la voix des gens qui circulaient autour de nous. Elle m'apprit que nous serions huit, huit filles, pas assez nombreuses pour former des groupes, alors elle voulait savoir si cela m'embêtait d'affronter des filles plus âgées, j'ai répondu que non et elle ajouta une coche à la ligne qu'elle avait tracée.

J'ai vu le nom de Ged sous le mien. Son nom complet, ce qui me donna l'impression qu'il le transcendait, tout en restant dérisoire. Je l'ai fixé pendant que la femme parlait, j'ai senti une chaleur dans ma paume, des vibrations, et au moment où nous allions nous éloigner du bureau elle est devenue moite et je me suis retrouvée clouée sur place. Oncle Pavan toussa. La femme afficha un sourire poli, cliquant sur son stylo, sans me quitter des yeux. Elle finit par reposer le stylo, elle dit « Pas de souci » à oncle Pavan et, lentement, elle répéta les règles du tournoi.

J'ignore combien de temps je suis restée debout dans le noir devant le court vitré. Je ne l'avais pas trouvé tout de suite, la salle de badminton n'était pas indiquée depuis les vestiaires et, à cette distance de la coursive principale, je n'avais croisé personne qui aurait pu me renseigner. J'ai deviné, à la façon dont la semelle de mes baskets glissait dessus, que le sol était couvert d'une couche de poussière. À présent l'air sentait la poussière.

Le court posé au centre de la salle paraissait plus grand qu'un court ordinaire. Il émettait une lueur bleu pâle et flottait à quelques centimètres du sol. Une structure magnifique, qui donnait l'impression d'exister depuis la nuit des temps et d'avoir une origine extraterrestre. C'était la description que j'en ferais à Papa, ai-je songé, avant de me rappeler qu'il savait sans doute à quoi ressemblait le court et que je ne lui apprendrais rien.

La salle de badminton était plongée dans un silence profond qui se fit plus absolu au fil des minutes. Rien à voir avec l'absence de bruit à laquelle je m'étais habituée à Édimbourg. Il y avait de la vie dans ce silence-là. J'éprouvais la sensation que le court m'était destiné à moi seule, qu'il me réclamait entre ses parois. Il diffusait de la lumière, émettait un son sourd et électronique évoquant une voix qui fredonnait. Il se rapprocha de moi et, confusément au début, plus nettement ensuite, j'ai vu chacun des mouvements qu'esquisserait mon corps à l'intérieur ; vu les rails sur lesquels j'étais censée glisser, posés il y a une éternité de cela, rutilants, de couleur claire. J'ai pensé à Jahangir Khan, à l'enfant qui courait dans la neige sur la montagne et à la personne qui le regardait.

Un garçon qui devait avoir l'âge de Ged entra dans la salle. Il alluma l'éclairage. Le court retomba sur le sol, les rails que je devais suivre s'effacèrent. Le garçon me rejoignit. Il m'expliqua que le court était en plexiglas, pas en verre, et que le club l'empruntait. Il avait voyagé depuis les Pays-Bas dans une caisse. Ce n'était pas vraiment le court qui l'intéressait. Il voulait revérifier mon nom sur sa liste. Il dit que je n'avais rien à faire dans cette salle. Ma place à moi était sur le court n° 2.

Je me suis mise face au garçon. J'ai senti du verre en moi, des murs frais qui pesaient sur ma poitrine, qui pressaient contre mon dos.

Le garçon me lança un regard bizarre.

— Tu sais que le court central est réservé à la finale ?

Je l'ignorais.

Je crois que j'ai un court vitré au-dedans de moi, ai-je dit. Je ne m'adressais pas au garçon, il ne l'entendit pas. Il parlait de la finale. Il voulait savoir si j'écoutais. Il flottait dans l'air une odeur douce et froide, une odeur de renfermé. Respirant à peine, j'ai répondu oui, j'écoute. J'ai laissé le garçon deviser et, les poumons remplis de poussière, j'ai vu mon père prendre de l'âge à l'extérieur du court en plexiglas, attendant que j'accède à la finale.

La coursive était noire de monde, pas un chat autour du court n° 2. J'ai posé ma bouteille d'eau devant le tin. Une sirène retentit quelque part, des voix graves résonnèrent derrière la porte. Prenant appui sur le mur du bout des doigts pour garder l'équilibre, j'ai lentement étiré mon quadriceps gauche, puis le droit, explorant d'un regard nonchalant la galerie qui surplombait le court. Oncle Pavan y avait pris place.

Papa aussi.

À la vue de mon père, j'ai ressenti un choc. À côté d'oncle Pavan il avait l'air maigre et gris. Son costume pendouillait sur ses épaules. En revanche, son regard restait vif et il ne paraissait pas affaibli. Il semblait même fort, physiquement. J'ai détaché ma main du mur et je me suis redressée.

Sur le court n° 2 je m'apprêtais à affronter l'une des deux sœurs Prince, la plus âgée. À peine entrée, elle referma la porte en la claquant, échangea une poignée de main avec moi et lança d'une voix forte « Désolée ! Bonne chance », je lui ai souhaité bonne chance en retour, à la suite de quoi elle déclara « Moi c'est Maria. Ma sœur, c'est Alexandra », et tout le long de cet échange je n'ai pensé qu'à Papa, Papa qui avait l'air plus fort, en me demandant s'il était possible de deviner comment se sent une personne d'un simple regard.

Nous nous sommes échauffées et nous avons mis la balle en jeu. Dès le départ je me suis demandé s'il y avait un souci avec les fondations du club de squash, parce que le court vibrait lorsque Maria se déplaçait. Elle avait le pas lourd et bruyant. Elle lâchait un bruit explosif à chaque frappe. J'avais l'impression de me trouver au milieu d'une horde de bêtes sauvages. Maria était partout à la fois, ce qui me paralysait. Elle prit les rênes dès l'entame du match, mais nous jouions mal toutes les deux et il fallait être aveugle pour ne pas le voir. Malgré quelques coups réussis, elle se précipitait et fonçait directement vers le T. Elle chargeait dessus, en un sens. J'avais peur d'elle. Peur qu'elle me fonce dedans, qu'elle me blesse et qu'elle m'éjecte du court sous les yeux de mon père. J'ai concédé le premier jeu et, au changement de côté, j'ai jeté un coup d'œil en direction de la galerie. Le regard de Papa croisa le mien.

Il savait que j'avais peur.

Étant donné qu'il avait pour mission de me guider sur la conduite à tenir, j'ai continué à le fixer, mais il me retourna mon regard comme si c'était à moi de le cornaquer, et l'arbitre annonça la reprise.

Maria décocha un service rapide et rasant, le sol trembla lorsqu'elle déboula de son carré. J'ai frappé un drive tout droit vers le fond du court et, anticipant un drive en relance, je l'ai prise de vitesse et je suis arrivée en avance à l'emplacement du rebond. Je me suis baissée, le bras qui tenait la raquette prêt à se détendre, et j'ai attendu. Maria allait arriver derrière moi comme une bombe, piler au moment où elle se rendrait compte que je n'avais pas encore frappé, là elle aurait perdu tout son élan, elle n'aurait pas la balle en visuel et j'allais pouvoir placer cette balle n'importe où. La scène se déroula au ralenti. J'ai regardé la balle lentement rebondir, lentement revenir vers moi, puis retomber. Dans mon dos j'ai entendu Maria et sa galopade retentissante, au lieu de piler elle me rentrait dedans. J'ai trébuché, portant mon poids sur mes genoux qui entrèrent en contact avec le sol. Ma raquette traversa le court avec un grand fracas. J'étais sonnée, un peu essoufflée, et une douleur me traversa les rotules quand je me suis relevée, mais je n'ai pas traîné parce que j'avais conscience que mon père et mon oncle s'étaient dressés sur le balcon. J'ai récupéré ma raquette. Maria se répandait en excuses, elle avait essayé de s'arrêter.

Papa et oncle Pavan restèrent debout jusqu'à la fin du match et Maria perdit son sang-froid. Elle avait peur de me faire mal. Nous avons repris le cours du jeu mais nous savions elle et moi que ma chute avait signé sa défaite. Lorsque nous avons échangé une poignée de main, j'ai avoué à Maria que j'étais responsable et je lui ai demandé pardon. D'abord décontenancée, elle donna l'impression de se détendre, puis elle hocha la tête.

Sur le balcon je n'ai pas laissé Papa me presser de questions, j'ai déclaré tout de suite :

— J'ai attendu trop longtemps.

Il me regarda et, sous son regard, j'ai senti le chagrin et la chaleur m'envahir. Il répondit :

— Peu importe. Elle aurait dû stopper.

Mes sœurs se serrèrent contre moi et inspectèrent mes genoux, à la recherche de séquelles. Elles firent des chichis sur les moindres détails et analysèrent le match d'une voix babillante sans dire un seul mot sur les mois qui venaient de s'écouler. Khush avait les cheveux plaqués sur le front et sur les joues. Me revinrent en mémoire les anecdotes que j'avais emmagasinées dans le but de les leur raconter et qui perdirent soudain de leur intérêt, et même de leur valeur, mais cela n'avait plus aucun poids, parce que mes sœurs n'attendaient rien de moi. Elles continuèrent simplement à m'étouffer de leur sollicitude et à papoter, jusqu'à ce qu'un changement s'opère dans l'atmosphère. Un changement subtil ; un léger recul.

Avant même de me retourner j'ai su que Ged était là.

Mes sœurs se décalèrent. Il dut se pencher pour me prendre dans ses bras et il s'écarta aussitôt, mais ce contact laissa en moi son empreinte. Une empreinte qui ne me quitta pas lorsque mes sœurs s'agitèrent de plus belle autour de moi, qui ne me quitta pas non plus lorsque j'ai regardé depuis le balcon Ged affronter son adversaire. Il respirait fort, décochant des balles longues, occupant le T. À première vue il n'y avait rien de spectaculaire dans son jeu mais ce n'était qu'une illusion. Son concurrent prit conscience, trop tard, de la puissance de son offensive.

Ged et Shaan remportèrent leur premier match, puis le deuxième, et ces victoires nous envoyèrent eux comme moi en demi-finale. Maqsud regretta l'absence de filles mais d'après lui les choses allaient devenir intéressantes le lendemain. Nous avons déjeuné sur le parking. Le froid, l'humidité et la brume qui floutait le paysage ne nous dérangeaient pas. Maqsud et oncle Pavan ouvrirent le coffre de leur voiture, Mona distribua les victuailles qu'elle et tante Ranjan avaient préparées. Nous avons mangé et tout le monde prit la parole, à l'exception de Ged. Mona et Khush tentèrent de l'inclure mais il s'isola du groupe, comme s'il n'était pas venu là pour participer à la conversation.

Nous sommes retournés au parking, Ged et moi, plus tard dans l'après-midi. D'un accord tacite. Nous avons échangé un regard et nous sommes sortis. La nuit commençait à tomber. Les fenêtres des maisons en face émettaient une lueur que la brume avait teinte de reflets orangés mais nous n'arrivions pas à voir à l'intérieur. J'ai pensé au court en plexiglas, au halo bleu nimbé de poussière.

— Tu as regardé dans la salle de badminton ? demanda Ged.

Cela produisit une déflagration, le fait qu'il l'évoque alors que j'y pensais, justement. L'espace d'un instant, nous étions de retour dans la coursive de Western Lane. J'ai senti l'odeur du chlore. Le sang martelait mes tympans. Je n'ai pas entendu ce que Ged dit ensuite, peut-être rien du tout, mais Western Lane céda peu à peu la place à l'immense court en plexiglas qui diffusait un rayonnement si vif que j'ai failli tourner la tête pour le regarder.

De l'autre côté de la route, la porte de l'une des maisons s'ouvrit et un triangle de lumière s'écrasa sur le gravier. Ged eut un léger mouvement. Les secondes s'égrenèrent. Enfin, il brisa le silence.

— Tu as réfléchi à ce qui va se passer après ? lâcha-t-il à voix basse.

Le soir venu, nous avons tenu une réunion qui ne ressembla en rien à nos causeries passées. Le cousin de Maqsud monta des assiettes à l'étage de son restaurant, un défilé ininterrompu de nourriture et, le dîner fini, Papa, Maqsud, oncle Pavan, Ged et moi, nous sommes sortis marcher. Il faisait un froid de canard. Le ciel était violet. Une large bande oblique d'une nuance plus pâle longeait l'horizon, couronnée d'une bande plus foncée, indigo, qui partait dans le sens opposé. Il y avait des lumières qui clignotaient partout, même sur les ponts enjambant la rivière. Nous avons marché, simplement. Nous avons emprunté un pont pour traverser la rivière et le suivant pour faire le chemin inverse, les semelles de nos bottes résonnant au contact du métal, enveloppés de notre haleine gelée. À un moment – nous franchissions un pont suspendu – le tablier oscilla et céda sous nos pieds avant de se remettre en place. Soudain nous avancions dans le vide et nous avons dû ajuster notre foulée à chaque pas. Personne ne fit de commentaire. Ged avançait à mes côtés et nous avons poursuivi notre chemin en regardant droit devant. Les lumières scintillaient. Papa alluma une cigarette et se mit à parler de Jahangir Khan. Alors Maqsud, qui nous suivait, enchaîna à propos de Qamar Zaman. J'ai fait allusion à Gogi Alauddin et quelqu'un, soit Maqsud, soit oncle Pavan, sortit une flasque, nous nous sommes arrêtés et nous en avons pris une gorgée. Ils me laissèrent boire un peu, histoire de me réchauffer. Cela me brûla la gorge. Je me suis dit que l'ambiance lors d'une veillée funèbre devait se rapprocher de cette soirée, à la fois triste et joyeuse, les gens avec la gorge en feu, communiquant par télépathie. J'ai passé la flasque à Ged. Les hommes se remirent à marcher et nous sommes restés un peu à la traîne. Nous avons entendu le claquement d'un briquet, surpris le vacillement d'une flamme. Le pont piqua du nez. Impossible de dire si nous étions statiques ou en mouvement.

Après la causerie sur le pont j'ai arrêté de penser au court en plexiglas jusqu'à l'heure de notre arrivée au parking devant le club de squash le lendemain matin. La brume avait refait son apparition, ainsi que la lueur laiteuse du soleil. Oncle Pavan gara la voiture et resta assis une bonne minute, j'ai cru que lui aussi pensait au court, puis il déclara : « On va en parler à tante Ranjan, de ton ami. » Ce qu'il voulait dire, c'était qu'il trouverait un moyen de convaincre ma tante qu'il n'y avait rien de mal à ce que je sois amie avec Ged, ni à ce que cette amitié soit tolérée. J'ai tenté d'imaginer tante Ranjan qui répondait : « Oui, ça ne m'embête pas », ou qui me laissait récupérer Ged à la gare, et pourquoi pas lui parler au téléphone. J'ai scruté mon oncle. Évitant mon regard, il tira sur sa ceinture de sécurité. « Ben, on ne sait jamais », ajouta-t-il.

Au club de squash, l'humeur était cordiale et survoltée. Les gens se saluaient, discutaient et buvaient du café debout dans les coursives, attendant le début des matchs. Maqsud affirma qu'il en était toujours ainsi le second jour d'un tournoi.

Sur le court n° 6, la fille que j'allais affronter n'avait que faire de la cordialité. Lorsque j'ai tendu la main, elle fit mine de ne pas me voir. Elle expédia les échauffements et le tirage au sort. Nous avons donné le coup d'envoi du match et, d'entrée de jeu, elle décocha un service rapide et agressif qui devait jaillir du mur et me viser. Un tumulte se fit entendre sur le balcon, le temps que j'esquisse un pas de côté et réponde par une volée. Ensuite elle joua des balles longues, rasantes et puissantes. Elle comptait tuer le match au plus vite, se débarrasser de moi pour enchaîner sur la finale. J'ai senti le mépris qu'elle me portait, et l'accablement me gagner quand j'ai entendu des portes s'ouvrir et se refermer à l'extérieur du court, l'une après l'autre, loin de la coursive principale. J'ai baissé ma raquette. Dans ma tête, j'ai suivi les sons à travers les couloirs jusqu'à me retrouver à l'intérieur du court en plexiglas dans la salle de badminton.

Silence complet. Les murs en verre acrylique étaient teintés d'un bleu pâle, un bleu de banquise. Du dedans, il m'apparut que les parois, la structure tout entière, existaient en dehors du temps. Ici, personne ne me mettait la pression et je pouvais réfléchir, si tel était mon souhait. J'ai senti mes muscles tressaillir, imprégnés d'un autre match. Je me trouvais sur le T dans le court en plexiglas et je calculais mon prochain déplacement, tout en jouant sur le court n° 6. Un membre du public aurait pu me croire perdue, perplexe, molle, apathique. Pourtant j'atteignais la balle les trois quarts du temps et même si ma frappe n'était pas parfaitement exécutée, même si elle ne poussait personne à briser sa raquette en heurtant le mur, elle suffisait à dérouter mon adversaire, à la prendre à contre-pied. Vingt minutes plus tard je remportais la balle de match et mon esprit bourdonnait parce que je n'avais pas été seule à affronter cette fille, la salle de badminton tout entière avait participé à cette victoire.

Lorsque j'ai retrouvé Khush et Mona dans l'escalier, Mona me demanda sur un ton enjoué ce qui m'était passé par la tête. Elle m'expliqua qu'au bout de deux ou trois minutes, Papa avait dit quelques mots à oncle Pavan avant d'aller s'asseoir à l'écart des autres. Ensuite, il n'avait pas bougé d'un centimètre. Il était resté assis, penché vers l'avant, et il m'avait regardée jouer. La voix de Mona avait pris le tranchant d'un éclat de verre, d'un objet cassé. Les fois où elle avait observé Papa, dit-elle, il lui avait rappelé ce type qui s'était fait bouffer par des rats. Quel type ? ai-je voulu savoir, mais Mona poursuivit. À la balle de match Papa avait bondi sur ses pieds, il n'avait pas pu résister, et le point joué il s'était rassis, oscillant entre le rire et les larmes. S'il devenait fou, conclut Mona, ce serait ma faute. Elle s'arrêta subitement dans l'escalier et elle revint sur ses paroles, je l'ai rassurée en lui disant que je n'allais pas les retenir contre elle. Un tourbillon se déchaînait constamment sous le crâne de Mona et je savais, elle le savait aussi, que cela ne cesserait jamais.

J'ai rejoint Papa sur le balcon qui surplombait le court de Ged, où on ne trouvait que des places debout. Il se retourna. Il y avait de la fatigue au fond de ses yeux, mais aussi une douce lumière, et il ne donnait pas l'impression d'être fâché. Je suis allée me placer à côté de lui. Nous avons regardé le match en silence. « Ne fais pas la même chose pendant la finale », me dit Papa. Avec de la chaleur dans la voix. « Non », ai-je répondu.

Ged perdit sa demi-finale. Son adversaire voulut l'entraîner dans un match à rallonge mais Ged n'avait pas les armes pour. Il n'était pas du tout dans le match, il aurait aussi bien pu reposer sa raquette au bout de dix minutes.

Dans l'escalier, il secoua la tête et afficha un sourire fugace. Il ne voulait pas parler de la rencontre. Peut-être attendait-il de moi des paroles nécessaires, essentielles, à propos de nous, à propos de l'avenir. Nous nous sommes postés face à face et le soleil se coucha à Western Lane, colorant en orange et en rose les taches sur les murs. À la fête foraine le cheval triste, tellement triste, essaya de relever la tête. « Oncle Pavan achète des Coca », ai-je dit d'une voix morne. Ged me regarda, puis il hocha la tête comme si j'avais fait une réflexion brillante.

Dans le bar, tout le monde était silencieux. Maqsud étudia les visages qui l'entouraient et il prit la parole.

Il dit que personne n'aurait pu imaginer que j'irais aussi loin dans la compétition, que la suite n'avait que peu d'importance. Je ne devais pas m'en soucier parce que ce qui comptait, c'était d'être ici. Comme personne ne répondait il finit son verre, le posa sur la table et conclut par : « Quand même. Après tout, on est ici », et il demanda à la cantonade si quelqu'un avait vu l'autre fille jouer. L'autre fille, c'était la cadette des deux sœurs Prince, Alexandra. Ses matches avaient été programmés à la même heure que les miens, par conséquent oncle Pavan prit tout le monde de court en répondant que lui l'avait vue à l'œuvre. Il regretta cet aveu à la seconde où il franchit ses lèvres. « Rien qu'un peu », murmura-t-il, mais Maqsud voulait en savoir davantage. Oncle Pavan fouilla le bar du regard. Se tournant vers moi, il renversa un verre à moitié plein, le sien, ou alors celui de Papa. Il remit le verre d'aplomb avant qu'il ne se vide totalement et s'éclaircit la voix. « Ne te bile pas trop à son sujet, me dit-il. Prends ton temps. » Mona s'étrangla avec sa boisson et Khush, toute rouge, m'attrapa la main et la serra précipitamment. C'était le conseil que Maman nous donnait lorsqu'elle sentait qu'une chose nous donnait de la peine, prends ton temps, elle le jetait par-dessus son épaule, les yeux brillants et le visage rosi à force de rester debout au-dessus de casseroles d'eau bouillante, et comme il était rare qu'elle s'adresse à nous en anglais, nous avions toutes les trois son image devant nous. Nous avons regardé Papa, qui ne détachait pas les yeux du liquide renversé sur la table.

Dans la salle de badminton, quelqu'un s'était chargé du ménage. Le sol avait reçu un coup de balai et des bancs avaient été installés autour du périmètre du court, en rangées parfaitement alignées. Le court à proprement parler flottait à quelques centimètres du sol et, même sous l'éclairage de la salle, il diffusait une lueur bleutée.

À sa vue, Papa s'immobilisa sur le seuil.

— Qu'est-ce qu'il y a, Papa ?

Il ajusta le cordage de ma raquette.

— Ton oncle a raison, répondit-il.

Il me donna ma raquette et posa une main sur mon épaule, la laissant là quelques secondes.

Alexandra attendait près des bancs. Nous avons échangé une poignée de main et l'arbitre nous rappela les règles tandis que la salle se remplissait. Ensuite on tamisa les lumières.

On voyait à travers le plexiglas, mais flou. Avec la sensation de se trouver au cœur d'un gigantesque glaçon. Nous avons perçu des ombres, du mouvement. Des indigos et des bleus sombres, troubles. J'ai cru repérer Papa, assis au premier rang au niveau de mon revers, et mes sœurs à côté de lui, et Ged debout, mais ce n'était peut-être qu'une illusion.

À l'intérieur du court il faisait un froid de banquise. Alexandra et moi, nous avons gardé nos sweats à capuche zippés et tiré le maximum des échauffements, mettant du rythme dans nos frappes, courant après la balle. Nous nous crispions chaque fois qu'une raquette entrait en contact avec une paroi vitrée. Nous ne savions pas si cela risquait de les abîmer, de les fêler comme de la glace, ou si la répétition des chocs affaiblirait le plexiglas.

Alexandra allait me battre. J'en étais persuadée dès le début. Elle jouait vers l'arrière du court des coups droits amples qu'elle faisait suivre d'amorties à l'avant. Son jeu n'avait rien d'époustouflant mais son tempo présentait quelque chose de mystérieux et d'implacable qui m'entraîna dans son sillage. Lorsqu'une balle longue sortait du carré de service, j'exerçais un mouvement de rotation sur mon épaule, le bras qui tenait la raquette prêt à jaillir, et lorsqu'elle décochait une amortie, elle ne donnait pas l'impression de boucler un point, mais bien plutôt de m'attirer pour que je la rattrape sur le devant du court.

Très vite je n'ai plus capté le bruit de la balle, j'ai seulement entendu notre respiration et nos baskets qui couinaient doucement sur le parquet. Nous évoluions l'une autour de l'autre dans un silence quasi total. Les échanges n'en finissaient pas et, après chaque point, Alexandra essuyait sa main d'un geste vif sur le mur latéral, je faisais pareil de mon côté. Peut-être que dehors Papa essayait de me dire de trouver mon propre rythme, de casser celui d'Alexandra, mais ses conseils n'avaient aucun poids parce que nous savions elle comme moi que jamais je n'en viendrais à bout. Sur le parking, Ged m'avait demandé si j'avais envisagé la suite. J'y avais réfléchi sans y réfléchir. Je m'étais projetée jusqu'à Durham et Cleveland, puis j'avais atteint un mur. Maintenant que j'étais de ce côté du mur, j'étais condamnée à rester à l'intérieur.

Lentement, dehors, près du plexiglas, les silhouettes floues gagnèrent en précision. Papa était assis bien droit, le visage sombre et tendu. Il observait Alexandra. Il cherchait la faille, et mes sœurs ne le quittaient pas des yeux. Oncle Pavan et Ged se tenaient debout tout au fond. Deux formes semblables à des collines ou des montagnes dans le lointain.

Vingt, trente minutes plus tard, je rendais coup pour coup à Alexandra et au bout de quarante une rumeur s'éleva du public parce que personne ne s'attendait à un tel retournement de situation. Papa était encore plus sombre, encore plus tendu que tout à l'heure. À la quarante-cinquième minute un changement s'opéra. Alexandra se mit à frapper moins de balles longues et elle les plaça très en hauteur sur le mur frontal. J'ai regardé Papa et nous avons compris au même moment : Alexandra essayait de gagner du temps. Elle fatiguait.

On peut retourner un problème dans tous les sens mais, au bout du compte, il faut le traverser pour savoir ce qu'on va trouver de l'autre côté. J'avais cru qu'Alexandra allait me battre, je n'avais aucun doute là-dessus, parce qu'il ne m'était pas venu à l'esprit qu'en m'alignant assez longtemps sur elle, je finirais par la coiffer au poteau. J'ai frappé un revers, ramenant mon épaule et manœuvrant ma raquette comme si la paroi en plexiglas n'existait pas. Alexandra joua un coup droit, j'ai répliqué par un autre revers, elle me suivit, puis j'ai pris les rênes du match. À quarante-huit minutes Alexandra suivait toujours et Papa avait les poings serrés.

C'est là que j'ai commencé à faiblir et j'ai concédé mon premier point.

Papa se mit debout. Il esquissa un demi-pas. J'ai perdu le point suivant, puis celui d'après. Papa scruta la porte de la salle, l'air désespéré. Le type bouffé par les rats. La phrase de Mona surnageait dans mon esprit, j'ai continué à frapper malgré tout. Il n'y avait qu'un plan d'action, ai-je songé, marquer Alexandra à la culotte, à un moment je finirais par retrouver mon second souffle et Papa verrait qu'elle était en bout de course alors que moi, non. J'ai collé Alexandra. Frappé des coups profonds, infaillibles. Alexandra insista sur mon revers car elle le croyait plus faible, et peut-être avait-elle raison. Peu importe. J'ai remporté le service et, cette fois-ci, je l'ai gardé.

À la cinquante-sixième minute, au moment de jouer la balle de match, j'ai jeté un coup d'œil à l'extérieur et je me suis rendu compte que tout était redevenu obscur et nébuleux. J'ai eu un moment d'hésitation. J'ai senti mon bras, celui qui tenait la raquette, retomber. Ged et oncle Pavan réagirent en s'avançant comme un seul homme, une fraction de seconde je les ai distingués aussi nettement que s'ils se tenaient devant moi, et ils me disaient de ne rien lâcher. Alors ils retournèrent à leur position initiale et j'ai laissé ma raquette s'envoler.

J'ai signé un service impeccable.

Alexandra répondit par un coup droit qu'elle dirigea sur mon revers. Au contact de la balle, j'ai senti qu'elle se déplaçait devant le T parce qu'elle avait deviné ce que je m'apprêtais à faire. J'ai tenu le cap. J'ai décoché une volée amortie, molle, tout en contrôle – la balle roula, délicieusement, miraculeusement, en dehors du nick, et Alexandra ne tenta même pas de l'atteindre. Dans la salle tout le monde se leva.

Grâce à l'acoustique, on aurait cru que quatre cents spectateurs m'acclamaient, pas quarante. Ça sifflait, ça criait. Moi j'étais plantée sur le T, avec la tête qui tournait, hors d'haleine, et je rejouais ces dernières secondes, percevant autour de moi les déplacements du corps d'Alexandra, de mon propre corps, de ma raquette, l'air en mouvement, et ensuite l'amortie, tout en douceur et précision, et j'ai vu Maqsud en dehors du court, près de la paroi en plexiglas, qui battait des mains avec un grand sourire, et oncle Pavan à côté, lui avec un petit sourire.

Un peu plus en retrait, Ged et mes sœurs applaudissaient, eux aussi, mais à l'instant où mon attention tomba dessus, une sensation inédite me submergea. Un mélange de déception et de confusion. Petit à petit, j'ai compris d'où elle tirait sa source.

Papa n'était plus assis sur le banc.

Au niveau de mon revers, là où j'aurais dû le trouver, des griffures blanches striaient le mur. J'ai regardé mes sœurs et elles me retournèrent mon regard, réjouies, comme si elles étaient dans le déni.

Où était-il passé, mon père ?

Je l'ai imaginé debout dans la coursive à l'extérieur de la salle. Les bras le long des flancs. Le bruit que produisait le va-et-vient de la balle lui parvenait assourdi tout en lui perforant les tympans et jamais il ne lui serait venu à l'idée de lever les mains pour se couvrir les oreilles. C'est ainsi que je l'ai imaginé. Si Quatrième Avenue, le chien, débarquait dans la coursive à ce moment-là avec ses dents jaunes et ses grosses épaules qui tressautaient, la droite, puis la gauche, il passerait à côté de Papa, me suis-je dit. Il ne tournerait même pas la tête.

J'ai entendu Alexandra me parler, sa voix couvrit le tohu-bohu. Elle attrapa ma main restée libre, la tint dans la sienne, bien haut, et me suggéra de lever ma raquette. Je l'ai brandie, et le vacarme me fit monter les larmes aux yeux.

Quelqu'un avait remis l'éclairage. Les lumières allumées m'indiquaient que je devais sortir, Alexandra me suivre. Le silence s'abattit sur le public lorsque je me suis attardée sur le T. J'ai lancé un regard en direction de mes sœurs restées debout. Soudain je l'ai vu, mon père, dans son costume sombre, à côté d'elles, comme s'il ne leur avait jamais faussé compagnie. Khush lui parlait et montrait le court avec de grands gestes, il fronçait légèrement les sourcils parce qu'il y avait des tambours quelque part, il avait du mal à entendre. Je savais que Khush lui décrivait ce qu'il avait raté. Je suis restée là où j'étais, ajustant très lentement le cordage de ma raquette. Papa avait quitté la salle parce qu'il s'était mis à espérer, et ensuite l'espoir s'était volatilisé, et il n'avait pu le supporter. Il s'était senti impuissant. Pourtant, ce n'était pas la salle de badminton le problème, c'était la coursive. Qu'est-ce qui l'attendait, au juste, dans cette coursive ? Elle était vide, elle n'avait pour lui aucune utilité, et nous, mes sœurs et moi, nous l'avions flanqué là-bas. Lorsque Khush finit de parler, le regard de Papa croisa le mien. J'ai essayé de lui faire comprendre que j'avais besoin qu'il me donne quelque chose mais quoi, quoi précisément ? Il se redressa. De la main, il m'adressa un signe presque imperceptible. Un signe qui ne voulait rien dire, que nous n'avions pas répété. Pourtant j'ai vérifié mon grip, comme si c'était ce qu'il attendait de moi. Puis j'ai hoché la tête en direction d'Alexandra, j'ai baissé ma raquette et j'ai ouvert la porte.

Un nuage laiteux et scintillant traversait le ciel dans une immense diagonale, renfermant une bouche noire qui étincelait aussi. Oncle Pavan conduisait et nous contemplions la route et le ciel. La bouche noire ne me faisait pas peur parce qu'au début je l'avais confondue avec de la brume, avant que mon oncle me dise que c'était l'inverse, que le ciel était dégagé et que ce qu'on voyait là, c'était du gaz, des poussières et de la lumière en provenance d'un milliard d'étoiles, voire plus. Notre propre galaxie, expliqua-t-il, qu'on regardait de l'intérieur. Telle qu'elle avait été, peut-être des dizaines de milliers d'années auparavant, et il était possible qu'à l'heure actuelle ces étoiles n'existent plus.

— Mais on les voit, ai-je protesté.

— Oui.

Nous roulions en direction du nord. Maqsud était parti vers le sud, emmenant Papa, Ged et mes sœurs.

Nous étions rassemblés sur le parking, grelottant, les mains enfoncées profond dans les poches de nos manteaux. Les gens du tournoi m'avaient donné un sac Prince et vingt livres, mes sœurs voulaient savoir ce que j'allais faire de cet argent. Je n'en avais pas la moindre idée. Ged avait gardé le sac Prince à l'œil. Il me le donna à ce moment. Lorsqu'il se détourna de moi, ses cils épais et courts projetèrent une ombre sous ses yeux. Il paraissait différent. Une dureté émanait de lui. Sa mâchoire et ses pommettes étaient plus affûtées qu'avant. Ici, sur le parking, il paraissait plus âgé et moi aussi, j'en étais certaine. Nous étions timides et craintifs parce que ce que nous ressentions occupait tout l'espace entre nous et nous étions incapables de dire qui nous étions.

Mona me serra dans ses bras et me proposa d'aller faire les boutiques lors de sa prochaine visite à Édimbourg avec Khush.

Oncle Pavan regarda Papa.

— Viens très vite chez nous, lui dit-il.

Et Papa répondit :

— Oui.

J'ai pensé que les autres contempleraient le même ciel depuis la voiture de Maqsud, peut-être qu'ils feraient halte pour en profiter. J'ai demandé à oncle Pavan s'il voulait bien s'arrêter. Je ne pouvais pas deviner qu'il y avait trop de lumière autour de la voiture de Maqsud, que les autres ne voyaient pas ce que nous, nous voyions. Je ne pouvais pas deviner que Papa avait fermé les yeux depuis des kilomètres ni que mes sœurs ne regardaient pas dehors, elles jouaient aux cartes avec Ged et Shaan, ils étaient tous entassés sur la banquette arrière, ils riaient, ils forgeaient des alliances, ils essayaient désespérément de cacher leurs cartes, ils étaient heureux, et le ciel n'existait pas.

Assis dans la voiture nous avons admiré les étoiles, oncle Pavan et moi, puis nous avons repris la route.

À la maison oncle Pavan prépara du chocolat chaud que nous avons bu dans la cuisine. Lorsque tante Ranjan nous rejoignit au rez-de-chaussée, elle était identique à elle-même et cela nous frappa d'étonnement de la voir ainsi, inchangée. Elle voulut savoir comment s'était passé notre voyage. Bien, avons-nous répondu. Je lui ai montré mon sac. Elle eut un sourire las. Il était tard, déclara-t-elle, je ferais mieux d'aller me coucher.

Ma tante et mon oncle restèrent longtemps sous le balcon de ma chambre et je me suis agenouillée au-dessus d'eux, emmitouflée dans ma couverture. Nous avons étudié les silhouettes noires de la roseraie, les arbres, la voie ferrée. Les étoiles apparaissaient, puis s'estompaient. J'ai commencé à avoir mal aux genoux. Tante Ranjan brûlait d'envie de demander à oncle Pavan comment la situation se présentait, oncle Pavan brûlait d'envie de le lui dire, mais elle ne savait pas comment lui poser la question, il ne savait pas non plus comment aborder le sujet. Bientôt, ai-je songé, le jour se lèverait, puis viendrait la nuit, suivie d'un nouveau jour, et cela n'aurait aucune importance, sauf aux yeux d'un observateur si lointain qu'il n'en savait encore rien.

Oncle Pavan se lança, en cherchant les mots. Vu qu'il ne savait pas comment rendre les choses claires à tante Ranjan, il décrivit tout. Tout, sans rien omettre, comme si cela s'était passé il y a des siècles, comme si nous avions fait un bond en avant dans le temps, comme si des décennies s'étaient écoulées depuis cette soirée sur le pont avec les lumières qui clignotaient, à nous remémorer Jahangir Khan, Gogi Alauddin et Qamar Zaman. Comme si le squash n'avait plus aucun rapport avec les Pakistanais, mais tout à voir avec les Égyptiens qui jouaient à l'intérieur d'un court vitré au pied des Pyramides.

Sans se presser, oncle Pavan parla de Papa, et j'ai senti fortement sa présence. Il parla de Ged, et très doucement ma paume se mit à vibrer. À sa manière mon oncle cherchait des repères, essayait d'identifier des débuts et des progressions, des choses auxquelles l'esprit pouvait s'agripper. Il marchait sur des œufs, toujours, lorsqu'il en venait à Maman, et tante Ranjan lui en était reconnaissante car les deux frères, pas seulement Papa, oncle Pavan aussi, avaient connu Maman avant elle. Oncle Pavan lui avait voué un amour profond qu'il n'arrivait pas à définir, l'amour qu'on ressent envers une sœur, ou la sœur que réclamait son âme, pourquoi serait-il obligé de le dire ? Ma tante avait du mal avec cette partie-là. Il lui semblait impossible d'arriver à la cheville de Maman, qu'importe le domaine. Par conséquent, oncle Pavan prenait des pincettes avec elle, et tante Ranjan y était sensible, et elle avait intégré que cette prudence était une preuve d'amour. Une ou deux fois, Papa releva la tête alors qu'il réparait un radiateur électrique ou une télévision chez un voisin, comme s'il savait qu'à six cents kilomètres de là oncle Pavan parlait de Maman et il voulait participer à la conversation, mais il retournait rapidement à son travail parce qu'il comprenait qu'on ne discutait pas de lui. Mon père se tenait d'un côté et les jours passèrent rythmés par le ping-pong verbal entre ma tante et mon oncle et, durant un laps de temps plus ou moins long, impossible de me rappeler la durée précise, il y eut une lueur mourante par-delà les arbres. Un reflet qui finit par s'éteindre. Ensuite, parce qu'il était fatigué, la voix de mon oncle commença à dériver, son haleine gela, et je me suis levée.

pca
cmb
édition pre-presse
livres numériques

44400 Rezé

Pour plus d'information :

www.lisez.com

Imprimé sur du papier issu de forêts gérées durablement.

Achevé d'imprimer en juin 2024
par Normandie Roto Impression s.a.s.
61250 Lonrai (Orne)
N° d'édition : 67563/01 – N° d'impression : 2402883

Imprimé en France